# 男と女

——目次——

第II章

# 女という性……65

第Ⅲ章

## 男という性……113

第V章

# 愛の万華鏡

# 男と女

# はじめに

愛について、こうしたら愛されるとか、こうすると彼や彼女の気持を惹《ひ》きつけられるといった、具体的な方法論があるわけではない。いうまでもなく、愛は多彩で千差万別で、人それぞれによって好みも愛しかたも違う。それに、たとえひとつの方法が見出されたとしても、それをみなが一斉《いっせい》につかいだしたら、すべてが同じやり方になり、その方法自体、意味がなくなってしまう。

要するに、愛に決め手はないのだが、といって初めから投げだし、あきらめることもない。

たしかに、愛に絶対という方法はないが、かわりに愛について考え、想像し、学ぶことも大切である。表面のきれいごとだけでなく、男や女や愛について、その本質と実態を知れば、彼や彼女に対してももう少し素直に接し、それなりに理解し合えるのではないか。

そういう観点から、本書は、わたしのこれまでの著作のなかから、とくに参考となり、理解の助けとなると思われる部分だけを抜き出し、まとめてみた。

大きく五つの章に分かれているが、いずれも独立した文章なので、どこから読まれてもかまわない。また各節の最後には、よりわかり易《やす》くするために、総括的な〝まとめ〟をつけておいた。

これだけですべての問題に対応できるわけではないが、愛や異性について考えるきっかけというか、ヒントを提供するという意味で、広義の恋愛レシピ（処方箋）といった感じで読んでいただければ、幸いである。

# 第I章

# 恋して愛して

この章では、
男女の出会いから恋がはじまり、
互いに愛し合い、
ある場合は結婚まですすみ、
ある場合は不倫の関係におちいり、
さまざまな喜びと哀しみを経て、
ときには別れにいたる。
その一連の流れのなかで生じる、
さまざまな問題について考察、描写された
文章が集められている。

# 1 言葉の力

*1*

## 口説く

とやかくいっても、女性は懸命に一途《いちず》にかき口説《くど》く男に弱い。いや、それは男も同様、口説かれて悪い気はしない。

——源氏に愛された女たち

*2*

## 小マメな情熱

恋愛というものは自らエネルギッシュに声をかけ、恥をしのんで訴える。そういう小マメさがないとできない。

よく「アイツは小マメだから」と言う人がいるけど、小マメというのは立派な才能ですからね。自ら傷つくのを恐れたり、いい恰好《かっこう》しいの他力本願の男にはできないでしょう。

――〔失楽園〕の性を語る（「週刊宝石」）

## 3

### 耳の感触

「好きだ……」

聖子はその声を、地を這《は》う風の音のようにきいた。低いが忍びやかに、その声は聖子の体のなかを通りすぎていく。

熱く優しい耳の感触に身をゆだねながら、聖子はいまは、ほとんど抵抗する気力を失っていた。

――夜の出帆

## *4* プライドを捨てる

たった一言、かたくなな心を解いて素直にいえばよかったのに、それをいえなかったばかりに、人生で大きな損失や悲劇をこうむることは多い。

とくに男と女のあいだでは、ときに立場やプライドを捨てて、思いきり女を前面に出して泣きわめくか、とりすがることも必要である。

——源氏に愛された女たち

## *5* 表現力

やはり表現力のある人が勝っちゃうんですね。誠実なんていうより、とにかく、女性には、好きなら好きとはっきり言わなければいけない。インテリの男はそれが言えないから、往々にしていい女をとり逃がしてしまう(笑)。

——華麗なる年輪(森茉莉さんとの対談より)

すべての恋は、まず自分の気持を正直に告げることからはじまる。なにもいわずに、相手がわかってくれるはずだと思うのは、自己中心的な怠け者にすぎない。

# 2 タイミング

6

## 変質

なにごとにもタイミングというものがあるように、恋にもタイミングがある。それを失い、時期を失すると、せっかくの熱い思いも醒《さ》めて、気がつくとおだやかな友情のようなものに変質してしまう。

――マイ センチメンタルジャーニイ

7

## 後悔

「いまを捨てて、明日にとか、来年には、などといっているうちに、なにもできなくなるかもしれない。そんなことで後悔するのは、いやだわ」

――失楽園

*8*

**一気呵成**

男は一度、口説《くど》くと決めたら、あとは一気呵成《いっきかせい》にすすまなければならない。途中で休んだり逡巡《しゅんじゅん》しては、それまでの台詞《せりふ》がしらけて、気の抜けたビールのようになってしまう。

――源氏に愛された女たち

*9*

**その瞬間**

「いまだ……」

小さな声が伊織のなかで囁《ささや》く。愛は深さもさることながら、タイミングもまた重要である。「あのとき、こういってくれたら」「こうしてくれたら」という悔いは、男と女のあいだには無数にある。そのときなら受け入れられたものが、いまは受け入れられない。逆に、いまなら受け入れられるものが、そのときは受け入れられない。ほんのわずかなタイミングの違いで、消えていった愛はかぎりなくある。

——ひとひらの雪

*10*

**注射の時期**

男女のあいだもタイミングが重要である。

相手が昇り坂のときには効果がなくても、少し元気がなく悄気《しょげ》ているときには、些《さ》細《い》な一言が抜群の効果を表すこともある。

大変な美女があんな男と意外な結ばれ方をするのも、風邪《かぜ》の治りどきにタイミングよく注射をしたのと同じ理屈である。

逆に注射どきを間違えると、釣りかかった魚も逃がしてしまう。

——風のように・嘘さまざま

## *11*　二度誘わない

断わり方にもよるが、誘って応じてもらえなかった場合、男はどうするか。情けないことに最近の若い男たちは再び求めることなく、それだけであきらめることが多いようです。もちろん彼女に強い未練があり、なんとしてでも手に入れたいという強い執着がある場合は、再び挑むこともあるでしょう。

しかし多くの場合、男たちはそれまでの精神的かけひきで疲れているうえ、拒否されたことでプライドが傷つけられ、それ以上深く自分が傷つきたくないために、あきらめようとします。いささか残念なことですが、多少、男を弁護すると、いったん拒否された女性を再度誘うのは、男が真面目なら真面目なほど、かなり勇気とエネルギーのいることなのです。

――男というもの

## *12*　ボタンのかけ違い

数ある愛のなかには、ボタンのかけ違いのまま終わる愛もある。

相手がひたすら愛してくれているときには、その愛に気がつかず、その人が去るときに、

24

初めてその愛の大きさに気がつく。もう少し早く気がつけばよかったのに、時期を失してからでは、すべてが手遅れになる。

――シネマティク恋愛論

**男と女はタイミングである。行くと決めたら行くべきで、それで失敗しても、行かずに悔いるより傷は浅い。**

3

# 恋の効用

*13*

**恋をすると**

恋愛をすると女性はきれいになると言うが、たしかにこれは事実である。恋している女性の肌はみずみずしく艶《つや》がある。性を堪能している女の表情は和《なご》み、肌は濡《ぬ》れているように見える。

——解剖学的女性論

## 14

## 内側からの化粧品

女性の多くは、美しくなるために化粧品をつかうが、恋愛は体の内側から塗る化粧水だと思っていい。この作用機序は、まず愛されているという自信が精神的な高ぶりとなり、それが刺戟となって血の巡りがよくなる。さらに満たされた肉体関係によって女性ホルモンが活発に分泌するようになり、それによって全身が女らしく艶めいてくる。これに反して愛されていないか、愛に満たされていない人は、外見がいくらきれいでも、どこかギスギスして乾いた感じになる。このあたりが恋愛のさらなる効用で、高い何万円もの化粧品を買うより、はるかに効果がある。

——反常識講座

## 15

## 緊張することが

遠野との恋は緊張の連続であった。妻子ある人と世間的には許されぬ、いわゆる不倫の恋をしている。その思いが、常に他人にうしろ指をさされまいという気構えになり、必要以上に突っ張ることになる。

もっとも、その緊張感は悪いほうに働くとはかぎらず、むしろそのおかげで強く、美しくなれた部分も無数にある。
修子が年齢より若く、美しい容姿を保っていられるのも、仕事をてきぱきとこなせるのも、緊張があってのことである。家庭という安住の場に入ったら、これほどの勁《つよ》さは保てなかったかもしれない。緊張こそ、女を美しくさせる原点である。

――メトレス　愛人

## *16*

### 生き甲斐

「あなたを苦しめる気はないのだが……」
「うち、苦しんでなんかいいしまへん」
「しかし、昨夜も、辛《つら》いといった」
「そりゃつろおす、けど、それがうちの生き甲斐《がい》どす」

――化粧

## *17*

### 死と生

「あなたを好きになって、恋して愛したから、とっても美しく綺麗《きれい》になれたし、毎日、生きている意味がわかったし、むろん、いっぱい苦しいことがあったけど、その何十倍も嬉しいことがあって、死ぬほど愛したおかげで、全身が敏感になって、なにを見ても感動できたし、いろいろなものに、みんな命があるのもわかったし……」

「でも、われわれは死ぬ……」

「そう、こんなにいっぱい、全身に入りきれないほど、素晴らしい思い出が詰まったから、もういいわ。もう思い残すことはなにもない。そうでしょう」

まさしく凛子のいうとおり、久木も精一杯恋して愛して、いま、思い残すことはなにもない。

「生きていて、よかった」

——失楽園

## *18*

### 自分がわかる

恋をすれば、いままでにない自分を発見し、生み出せるとともに、自分がどういう者であるかということも知ることができる。俺は思っていた以上に身勝手で、自己中心的だったんだとか、優柔不断だとか、かなりの好色だとか、それまで気がつかなかったことがわかってくる。同時に、自分は意外に優しいとか、献身的だとか、我慢強いとか、好ましいところにも気がついてくる。このように自分を知るとともに相手への理解も深まり、その結果人間への関心が高まり、人間というものが好きになる。

――反常識講座

**恋すると、女は美しく、男は生き生きとしてくる。まさしく、恋はその人を内側から輝かせ、引きたたせる最良の化粧品である。**

# 4 燃えあがる愛

19

## 愛は非論理

愛し合っている二人にとっては、朝歯を磨くとき、歯刷子《はブラシ》は一本で足りる。大好きな彼がつかった歯刷子だと思えば、たとえいま、彼がつかったばかりの歯刷子でも、そのままつかってなんの違和感もない。それどころか、同じ歯刷子をつかっていることに、むしろ幸せを感じる。

だがこれがもし、大嫌いな男がつかった歯刷子だとしたら、見ただけで不潔なバイキンの巣窟のように見える。

これこそまさしく、理屈で説明できない、非論理そのものではないか。

——淑女紳士諸君

*20*

## 紳士と野獣

これまで男たちは、近づくまでが獣で、一度関係ができると途端に紳士というか、怠《なま》けだすことが多かった。しかしそれより、親しくなるまではひたすら紳士的に振舞い、思いを溜めに溜めこんで、一旦《いったん》親しくなったらたちまち獣になり、いつまでも愛する女を求め続ける。これが恋愛が深まるときの理想的なパターンである。

――反常識講座

*21*

## 快楽の花園

あらゆる後悔や反省を振り切っても、なおいま目の前に迫っている愛に燃えたい。当然のことながら、ここから先は論理ではない。理屈でも知性でもなく、軀《からだ》の奥底に潜む本能そのものが目覚めて暴れだす。

ここまで火のついた女性に、倫理や常識などを説いても無駄である。すべてを承知で、なお堕《お》ちていく女性には、理屈を説く人には感じることのできない、圧倒的な快楽の花園が見えている。あの人達にはわからない、めくるめくほどの愉悦をわたしは知っている。そう思ったときから、その女は一種の開き直りとともに、新たに選ばれた、性のエリートとしてのプライドさえもちはじめる。

——失楽園

## 22

**豊穣**

女性も四十半ばになると、これほどの奔放さと、豊穣《ほうじょう》さを身につけるものか。

果てたあとの頭で滝野は漠然と考えながら、横にいる梓を見ると、髪の毛を乱したまま、静かに目を閉じている。

その姿は、情事に疲れ果てて眠りの世界にさ迷うというより、いまは全身に沁《し》みこんだ快楽を、なおゆっくり反芻《はんすう》しているようである。

滝野はその、いまは動きを止めた女体に近づき、そっと囁《ささや》いてみる。

「凄《すご》かった……」

——かりそめ

*23*

**恋という大事業**

いま、凜子との恋は、まさしく久木にとって、最大にして唯一の生き甲斐《がい》である。女ごときに熱情を傾けて、という人もいるかもしれないが、仕事も恋も、人間の一生にとってはともに大きく、生涯をかけるに価《あた》いする。そしていま、自分は一人の女性を恋して独占するという大事業に、全精力を傾けて生きている。そう思うと、自然に身内から熱い思いが湧《わ》いてきて、自ずと凜子の待つ部屋に心が馳けて行く。

――失楽園

*24*

**凄まじい愛**

愛することに「凄《すさ》まじ」という形容詞は不自然かもしれないが、この数年、二人は凄まじく愛してきたような気がする。

はたでは俗に、浮気とか不倫という、手垢《てあか》のついた言葉で一緒くたにされそうだが、二人のあいだにはそれを越えて、凄まじとでもいうよりない、厳しさと激しさがあった。

それは周囲の人々には、到底わかりようがない。愛し合ってきた当事者だけが身に沁みてわかる、凄まじさである。

——かりそめ

*25*

## 見果てぬ夢

結局、絶対愛というのは一瞬の幻影のようなものであって、歳月に抗して存在することはきわめて難しいものです。

しかしそうと知りつつ、人々はときに絶対愛に憧《あこが》れ、見果てぬ夢を抱くものです。実際にともに死ねる死ねないは別として、この人のためなら死んでもいいとまで思えるほど人を好きになることは、それはそれで素晴らしいことです。命が燃えつきるほど人を愛する充実感は、他のことでは代えることのできない悦《よろこ》びであり、ある意味ではこれほど強烈な体験は人生のなかでもそうそうあるものではありません。

たとえ時とともに移ろうものであっても、ある瞬間、命を燃やすことができた人と、できなかった人とでは、どちらが人間として幸せで、どちらの人生が彩り豊かであるか、これは改めて問い返すまでもなく明白なことでしょう。

——男というもの

ともに燃えあがったとき、二人は愛の絶対を信じ、このままともに果ててもいいと思う。こんな熱い二人に、ありきたりな常識や道徳を説くのは、獣に道を説くのに似て無意味である。

# 5 愛とエゴ

## 26 嫌悪と愛着

知っています、
あなたがわたしを憎んでいることを、
わかっています、
あなたがわたしを嫌っていることを、
でも、憎しみのなかには優しさが、
嫌悪のなかには愛着が隠れている、
あなたなら気がつくはずです、
嫌悪や憎しみは、ないよりはあるほうがはるかに素敵だ

ということを、

純子

——影絵

*27*

**起爆力**

しかし、恋というのはすべて純粋で美しいものばかりではない。ある種の嫉妬《しっと》や憎しみが、エネルギーとなってかえって燃えあがり、それが意外な結末を引き出すこともある。美しいものより、生ま生ましくどろどろしたもののほうが、恋の起爆力になりうるらしい。

——ひとひらの雪

28

**円満な愛**

愛は常に、一方で加害者をつくりあげ、一方で被害者を生み出す。両方に円満になどということは、そうそうあるものではない。

——ふたりの余白

29

**我儘**

「そう、我儘《わがまま》です。それは充分承知しています。しかし、人を好きになったり、嫌いになるということは、もともと我儘な行為でしょう」

——ひとひらの雪

30

**喧嘩するほど**

「違うわ、喧嘩《けんか》をするほどあなた方は愛しあっているのよ、本当に愛していないのなら喧嘩なんかしないいし、口もきかないでしょう」

——冬の花火

*31*

**好きだから**

「わたしは、あなたを憎んでいるのよ」
「でも、前に好きだといってくれた」
「そう、好きだから、憎んでいるのよ」

——失楽園

*32*

**装う心**

いかに妬《ねた》み、憎んでも、胸のなかにはなお熱い恋の思いが息づいている。それが現実の悲しみを生み出す原因と知りつつも、なお捨てきれない。心の底ではどんなに恐い復讐の思いを抱いていても、もしかしてそろそろあの人が帰ってくるがもしれないと思うと、自然に美しく装《よそお》おうとする女心が動きだす。それが口惜《くや》しいと思いながら、できることなら、たび重なる嫉妬で顔もやつれ、いくらかほっそりと美しくなったわたしに、優しい言葉の一つでもかけて欲しいと願う。

——君も雛罌粟《コクリコ》われも雛罌粟《コクリコ》

## *33* 資格

さまざまな世間のしがらみを捨て、二人だけの未来に突きすすむためには、いま以上に恋に一途《いちず》になり、家族や良識を切り捨てる冷酷さが必要になる。

中年の恋を結実させるためには、常にこうした非情さと圧倒的なエネルギーが必要で、それを欠く人は、もともと恋を求める資格はないというべきかもしれない。

――シネマティク恋愛論

## *34* エゴイスト

「愛して愛して、愛していくと、その先は破壊しかないのね」

凜子はいま初めて、愛という心地よい言葉が、その実、きわめてエゴイスティックで、破壊や破滅といった、強烈な毒を秘めていることを知ったようである。

――失楽園

愛が深まるにつれて、エゴ(自我)も深まっていく。圧倒的な愛を成し遂げるためには、エゴイストという名の才能が必要である。

# 6 移ろう愛

*35*

忍びこむ病い

「男と女は、一緒になったときから、怠惰《たいだ》という病いが忍びこむ」

——失楽園

*36*

惰性

これまでは月に数回逢《あ》うだけで、それ故に彼の我儘《わがまま》を感じても一時のことだと思い、そのときが過ぎれば忘れられたが、いつも側にいるとなると、そうはいかないかもしれない。

たまにしか逢えぬから成り立っていた優しさや愛《いとお》しさも、日常という惰性のなかに入るといつか色褪《あ》せ、汚れていくかもしれない。

——メトレス　愛人

*37*

**美徳の裏**

真面目で誠実で、人が良すぎるところが、別れの理由にならないとはかぎらない。たしかに外から見た場合、それらは美徳のように見える。だが現実に身近にいる者には、真面目さの裏の退屈さに、誠実さの裏の融通のなさに、人の良さの裏の迫力のなさに苛立《いらだ》ち、それらが重なり合って嫌悪に変わらないとはいいきれない。

離れて見るときと、身近で見るときとで、評価が変わるのは、よくあることである。

——ふたりの余白

38

**去っていく恋**

去るものは日々に疎《うと》し、という言葉どおり、身近にいないものは確実に薄れ、消えていく。

口惜《くや》しいけれど、それはすべての恋にあてはまる事実かもしれない。

——マイ センチメンタルジャーニイ

39

**匕首**

「わたしも、いずれ、あなたに飽きられるかもしれない」

「そんなことはない、絶対にないよ」

「あるわ。たとえ、あなたがわたしに飽きなくても、わたしがあなたに飽きるかもしれないし……」

一瞬、久木は喉元に匕首《あいくち》を突きつけられたような気持ちになる。

——失楽園

*40*

## 頂きの向こう

頂上に登りつめるのは、ある程度エネルギーさえあれば出来るが、そのまま、そこで止まっているのは、エネルギーだけでは保てない。
そこから先は、登るエネルギーに勝る、忍耐や優しさが必要になる。

――ふたりの余白

*41*

## とけていく愛

氷柱《つらら》が少しずつとけていく。そこだけを見続けているとわからないが、しばらく忘れてまた見直すと、小さくなっているのがわかる。一つの愛も、そのように一日一日ではわからないが、長い目で見れば萎《な》えていっているのかもしれない。

――野わけ

*42*

## 不可侵領域

たとえ愛していても、二人のあいだに、侵すべからざるものを一つくらいおいておきたい。男女のあいだはほどよい障壁があったほうが、新鮮で爽やかな関係を持続することができる。

――メトレス　愛人

**強いと思われた愛も離れすぎると薄れるように、二人が近づきすぎても、愛は徐々に萎えていく。**

# 7 結婚の実態

*43*

**終身保険**

いってみると、結婚はまさかのときのための保険みたいなものだから、性格の弱い人や体の弱い人は、なるたけ入っておいたほうが無難である。もっとも気持ちが萎《な》えたときも一人で生きていけるし、そのほうが気楽だという人は、無理に保険に入るまでもない。

結婚という保険は契約料は高いし、解約も難しいものだから。

――風のように・母のたより

## 44 祝辞

「あなたたちは今日、晴れて結婚したのだから、これから先、もはや燃えたぎる愛が生まれることはありません。その意味で本日は、燃えたぎる愛への決別の記念日でもあります」

こんなことをいったら、新婚のカップルは目を剝《む》き出し、その親戚縁者は怒りに顔を紅潮させるかもしれない。

しかしこれが事実であることは、披露宴に出席している人々のほとんどは、実感として知っている。

——風のように・別れた理由

## 45 恐ろしい契約

愛するのは夫か妻、すなわち配偶者だけという結婚の取り決めは、一見すばらしい契約のように見えて、その実、極めて恐ろしい契約でもある。なぜなら、結婚したときから永遠に自らの夫か妻しか愛してはいけないし、セックスも結婚相手としかしてはいけない。

万一それを破ったら、社会的に厳しい糾弾《きゅうだん》を浴びるという内容だから、真面目に考えたらこんな契約は恐くて、容易に結べるものではない。

――反常識講座

*46*

**心変わり**

「たしかに、二十代でいいと思った音楽や映画や小説が、三十代、四十代になるとつまらなくなったり、嫌いになることはある。まして二十代でいいと思って結婚した相手が、年齢とともに愛せなくなり嫌いになることは充分ありうる」

「音楽や小説なら、若いときに気に入ったものをつまらなくなったといっても、誰からも文句をいわれない。むしろ進歩した、なんていわれるのに、人を嫌いになったときだけは、どうして世間から厳しく裁かれるの」

――失楽園

## *47* ハッピーエンド

もし本当に結婚がハッピーエンドということなら、現実に無数にいる既婚者たちは幸せなはずで、もっともっと明るい顔をしていなければならない。
だが既婚者のなかには結構暗い表情の人もいるし、いささか疲れ気味の人もいる。
それらを見れば、結婚が単なるハッピーエンドでなく、むしろ結婚してからが大変なのだと気づくはずである。

——マイ センチメンタルジャーニイ

## *48* 老夫婦

よく、老夫婦がしみじみと縁側でひなたぼっこしながら、「ほんとにおまえと一緒でよかった」といっている姿を、「素晴らしい」なんていう人がいるけど、ぼくはいやだね。それはお互いにモテなくなって、気がついたら、老いた自分と老妻しかいなかった、というだけのことでしょう。

——12の素顔（岸恵子さんとの対談より）

## 49

### 善良の証し

結婚して窶《やつ》れた夫も、世帯疲れした妻も、すべて善良なる人間の証しである。

――風のように・忘れてばかり

## 50

### 存在証明

子供を産んでこの世に残す。これが平凡な一組の男女の最もたしかな存在証明といってもいいでしょう。

したがって結婚とは、この存在証明を受けとるための最も安全なシステムというわけです。

――講演録より

## 51

### 穏やかな関係

結婚という形態に、生活の安定、子供をはさんだ和《なご》やかな生活、そしてめくるめく性愛といった具合に、すべてを求めるのは、かなり無理な要求かもしれません。（中略）

しかし激しい性愛は無理だとしても、夫婦のあいだには、勃起を求めない関係もあっていいのではないかと思います。寄り添って休むとか、手を握るなど、必ずしもセックスをしなくても、そうしたスキンシップを重ねることで夫婦の関係を円満にし、妻たちの心を和やかにすることができるのではないか。

——男というもの

## *52*

## 些細な幸せ

高伸はいまになって、幸せというものがごく普通の、些細《ささい》なことだと気づいた。

それはたとえば、同じ部屋にいて妻の寝息をきくとか、ふと腕に触れたとき、妻の温もりを感じるといった程度のことである。健康で仕事に熱中しているときは、いずれもとるに足らぬ、つまらぬことだと思って忘れていたことでもある。

だがいまこうして二人でいると、その些細なことが積み重なって、幸せがあることがわかる。

「そうか……」

深夜、高伸は一人でうなずく。

いままで喜びと悲しみを踏み越えて生きてきたのは、この些細な幸せを確認するためであったのかもしれない。

——麻酔

*53*

**柩の中**

柩《ひつぎ》のなかに、子供たちは生前、夫が愛用していた筆や硯箱、さらには煙草などを入れてやっている。それを見ながら、晶子は秘かに思う。

あの人が最も愛し、のめりこんでいたのは、このわたしなのよ。他のどんなものを入れたところで、このわたしを棺におさめないかぎり、あの人が満足するわけがないでしょう。

——君も雛罌粟《コクリコ》われも雛罌粟《コクリコ》

結婚することがハッピーエンドなのではない。結婚して夫婦ともに過ごすうちに、二人は確実に老い、やがて死にいたる。

その最後のとき、わたしたちは幸せだったと思えたら、その結婚は初めてハッピーエンドであったと胸を張っていうことができる。

# 8 不倫の内側

## *54* 強い禁忌

一般に、恋愛感情は周囲の条件が悪いほど燃え上がる。不倫はもとより、親が反対するとか、まわりが非難するとか、禁忌《タブー》が強いほど、互いに惹《ひ》かれ合う。

——源氏に愛された女たち

## *55* 社内不倫

同じ部署にいる上司とＯＬは、同じ部署にいる独身の男女より、親しくなりやすいといってもいいかもしれません。なぜなら独身男女の場合は、つきあうことがすぐ結婚という問題につながりがちで、男も女もつい慎重にならざるをえないからです。

しかし男が妻帯者である場合は、そこまで責任をとれないことはあらかじめわかっているわけで、だからこそ気軽に近づけるという利点もあるわけです。

——男というもの

*56*

## 紹介されない女

「やっぱり、奥さんでなければ駄目ね」

「そんなことはないよ。たとえ妻になっても、愛されていなければ無意味だろう」

「いくら愛されていても、貴方のお友達に紹介もされない女のほうが、もっと惨めよ」

——愛のごとく

*57*

## 不倫の行方

一部の男を除いて、一般の妻子ある男たちはどこかで、独身女性との関係はいつかあきらめざるをえない、という予感を抱いているものです。

それは妻と離婚するだけの勇気とスタミナに欠けていることを自覚するとともに、不倫を重ねることへの精神的肉体的な疲れなどが重なりあって生じるものです。むろん女性からの不満や非難がくわわれば、この別れはいっそう早く訪れます。いいかえると、それほど婚外の、いわゆる不倫の恋は日本の社会では負担が大きく、疲れることでもあるのです。

――男というもの

*58*

**傍観者**

妻と彼女と、二人のあいだに立っている風野には、両方の気持がよくわかる。冷静に考えてみると、両者のいうことはそれなりに、もっともなところもある。

だがときどき、風野は三角関係の頂点にいながら、自分だけその外側へ、ふわりと浮き出ているような錯覚にとらわれることがある。二人の女のすさまじい対立に驚き、呆《あき》れ、気がつくとぼんやり傍観者になっている。

――愛のごとく

59

## 愛の抹殺

現代の日本では、離婚はバツイチといわれ、悪とまではいかなくても、かなりのマイナスイメージでとらえられている。そのうえで、不倫はさらに厳しく糾弾され、発覚すると地位から職業まで失うこともある。

離婚はよくない、まして不倫は絶対許せないというのでは、既婚者たちはどうすればいいのか。一度結婚したら、もはや永遠に心変りは許さないというのでは、個人の愛の自由の抹殺になりかねません。

これを防ぐには、せめてアメリカのように離婚を罪悪視せず、もっとオープンに、前向きに認めていくような環境づくりが必要でしょう。

――講演録より

60

## 永遠の真理

ぼくも「失楽園」を書いたときには、不倫とかを超えて、圧倒的に好きな人を追うのが何故悪い？　という自分なりのモラルがあった。もう愛が冷めているのに、なお夫婦関係を続けていくより、不倫でも、より愛している人を追うことがどうしていけないのか。好きな人を追うのは永遠の真実なのに、それを不倫というのは、二十世紀にたまたま幅をきかせている倫理に逆らってるだけで、二十一、二世紀になったら消える倫理かもしれない。それに較べたら、好きな人を追い、圧倒的に愛し合うことは永遠の真理といえなくもない。

――渡辺淳一の世界（高樹のぶ子さんとの対談より）

**恋の焔はまわりの条件が悪ければ悪いほど燃えあがる。まさしく不倫はこの条件に適った煌めく焔だが、それを保つには圧倒的なエネルギーと、最も愛する人を愛してなにが悪いという、反社会的な開きなおりが必要である。**

# 9 別れと再生

*61*

## 過去のベール

本当に愛しあった末の別れなら、どんなに傷つけ、罵《のの》り合ってもいい。とことん傷つき、そこからもう一度這《は》い上ればいい。

別れるとき、美しいか醜いか、スタイルなど考える必要はない。

いま無理に別れをつくろわなくても、やがて歳月が過去のベールをとおして、美しく甘い別れに変えてくれるからだ。

――ふたりの余白

*62*

## 阿修羅

愛を育むのも大変だが、それ以上に別れは大変である。

愛が順調であったころは、女神のようであった女が、別れ話が生じた途端、髪ふり乱した阿修羅《あしゅら》となり、狂女となって襲いかかってくる。当の女性自身も、自分がそんな怖い女になっているとも知らず、ついつい悪役を演じてしまう。

一人の人間の心の中には、理屈どおりには操れない、怪しい部分が無数に潜んでいて、それが愛憎の場面ではとくに顕著に現れ、錯綜《さくそう》して、話はますますこじれていく。

ここにいたればもはや、優しさや思いやりなどという生易《なまやさ》しいもので、人間を御すことはできない。

——風のように(「週刊現代」)

*63*

## 争いのたね

猫を飼はばその猫がまた争ひの種となるらむかなしきわが家　啄木

いまの風野と衿子の関係はそれに近い。タオル一つ、茶碗一つが、それぞれ争いのたねになる。他人がきくと他愛ない、些細《ささい》なものが、二人のあいだでは、憎しみ、罵り合うきっかけになる。しかも、なにがいつ争いの原因になるか、当の二人にさえ予測がつかないのだ。

——愛のごとく

*64*

## 残る愛

男女の関係は、結果論だけではいい尽せないものがある。たとえば恋して、その人とうまく結ばれたか否かだけが問題ではない。女性の多くは、結婚に至らない愛は無駄だと考えがちだが、はたしてそうだろうか。

別れても深く記憶に残り、あるいは別れたが故に一層甦《よみがえ》る愛もある。

——告白的女性論(「全集月報」)

*65*

## ひとひらの愛

手を出せば、掌《てのひら》にとどまるほどの大きな雪であったが、握った瞬間、たちどころに消え失せる。

霞との愛も、笙子との愛も、妻との愛も、振り返ればひとひらの雪ほどのたしかさもなかった。

だが、伊織はあきらめはしない。いまは少しへこたれているが、また気持ちをとり直したら、ひとひらの雪と知りながら、また新しい愛を求めていくに違いない。

——ひとひらの雪

## *66*

**英知**

傷ついても立ち直る英知があれば、傷はむしろ人生の宝になります。そして時が経てば、別れは必ずその人の人生の彩りとなり、芳醇《ほうじゅん》な香りを生み出すはずです。

逢《あ》うが別れの始めだとしたら、別れは新しい自分と出会うスタートとして、より積極的に、明るく前向きにとらえていきたいものです。

——男というもの

愛にはいつか終りが訪れるが、といって哀しむことはない。たとえいっときでも愛したという事実は、その人をより豊かにするし、そこから立ち直る勇気もわいてくる。

第II章

# 女という性

この章では、
女性の精神と軀、
さらにその行動から性の内面まで、
さまざまな角度から考察し、　描写された
文章が集められている。
むろん一口に女性といっても、
生きてきた背景や体験から感性までさまざままで、
同じ言葉でくくれるわけではない。
それは承知のうえで、
なお女性を理解するうえに
参考になると思われるものが、
中心になっている。

# 1 女の武器

*67*

**待ちながら**

待つ力というものがあるとしたら、それは男は到底《とうてい》女に敵《かな》わない。待ちながらも、女は揺蕩《たゆと》うような性感を感じているのではないか。

――リラ冷えの街

*68*

**一途さ**

見方によっては、これといって取り柄のない末摘花《すえつむはな》が、ただひとつ持っていた武器は、ひたすら男を思うという、一途《いちず》さだけだった。

実際だからこそ、センスのない歌や、源氏が着るわけもない古びた衣装を恥らうこともなく贈ることができたし、それがまた女のいじらしさとなって、源氏の心を揺さぶることになる。
打算のない女の一途さは、容色や教養をこえて、最大の武器のひとつとなりうる。

——源氏に愛された女たち

*69*

**被害者**

うまくいっているときはいいが、一旦《いったん》まずくなりだすと、女はすぐ被害者になる。
こんなになったのも、すべてあなたのせいだといって泣いて喚《わめ》きだす。

——峰の記憶

*70*

**新しい力**

泣いて喚いて気が落着けば、女はまた新しい力が湧《わ》いてくる。

——七つの恋の物語

*71*

## 女の嘘

たぐいまれな秀才が築き上げた嘘の弁解など、意外に脆《もろ》い。それからみたら女ののらりくらりした非論理的な嘘のほうが、その自在性と説得力において、はるかに秀れている。

——わたしの女神たち

*72*

## あどけない女と知的な女

夕顔のようなタイプの女は、知的な女性にとっては最大のライバルであり、許せない存在であったに違いない。一見あどけなくて、その実、女としてガードが甘く、そこがまた男たちの好奇心をそそり、セクシーに映る。

そのことを六条御息所《ろくじょうのみやすどころ》は最も強く感じたからこそ、自らの怨霊《おんりょう》で夕顔を呪《のろ》い殺すことになった。

「あんな地位も低く、頭も良くない女の、どこがいいの」

おそらく御息所はそう叫びたかったに違いない。

——源氏に愛された女たち

*73*

**媚態**

幸か不幸か、若い女性は本能的に自分の体や性を売りものにしようとする意識がある。それは意識するとしないとにかかわらず、すべての女性の心に潜んでいるらしい。女性の愛《いとお》しさは、そうした気づかぬうちに現れてくる媚態《びたい》にあるから、それを一概に悪いとはいえない。

しかしそれがいったん本人に意識され、明確な意図の下に利用しようとしているのがわかると、たちまち好ましさは色褪《あ》せ、卑《いや》しい不潔な面だけが浮きでてくる。

——遠い過去　近い過去

*74*

**拒否する女**

この世の春を謳歌《おうか》していた源氏は、朝顔の君にぶつかったことによって、この世には意のままにならぬ、いかな地位や名声をもってしても口説《くど》ききれぬ女性がいる、ということを実感させられた。(中略)

その意味で、朝顔の君は拒絶することで、源氏という男に最も大きい衝撃を与えた女性、といってもいいだろう。

女は男を愛することで影響を与えることができるが、同様に拒否することでも男にそれなりの影響を与えることができる。

——源氏に愛された女たち

**素直さも一途さも、知性も教養も忍耐力も、泣きごとも嘘も媚態も、女の場合はすべて武器になる。だがそれもつかいようで、下手なときに打算だけでつかうと、自らの卑しさをさらすだけの、自分を傷つける武器になる。**

2

# 女体の美

*75*

## 本物の美しさ

二十歳前後の女性が美しいことは、ごく平凡なことである。花の盛りに花が美しいように、それはあえて評価するに当らない。三十をこえ、四十になっても美しいときに、その美しさは初めて讃《たた》えられる価値をもってくる。そして五十を越えて美しいのはいよいよ本物である。

若くて美しいという当り前なことを、さも自慢げに見せつけるのは、はたから見ていて切なく、哀れでさえある。

どう理屈をつけようと、そこには若さの驕《おご》りという仮面をかぶった、なか味の軽さしか見えてこない。若いうちから、そんな底まで見せては、平凡な美しさを失ったときに何をもってカバーするのか。
しかしその残酷な年代の訪れのまえに、若さの危うさに気付く人はごく稀《まれ》である。

——遠い過去 近い過去

## *76*

### 若さという美

突然、滝野の脳裏に、梓と初めて逢《あ》ったころのことが甦《よみがえ》る。そのときは梓も二十二歳で、街の中を駈《か》けて来ても、食事の前にお祈りをしても、すべてが初々《ういうい》しく愛らしかった。
「誰でも、若いときは美しい」

——かりそめ

## *77*

### 装い

女の体は不思議な生きものである。
美しい体を見せられたら、美しいと感じるのは当然だが、そこになんらかの装《よそお》いをくわえると、さらに新たな美しさが付加されてくる。

——失楽園

78

**毒素**

いま全裸の凜子に加えられているのは、一本の紐《ひも》と一枚のタオルだけである。それ自体、美しさとは無縁の紐とタオルが女体を拘束し、緊縛《きんばく》した途端、女の軀《からだ》は艶《なま》めかしさと妖《あや》しさをあぶり出して、男に迫ってくる。

——失楽園

79

**多面な美しさ**

きっかりと装った女も美しいが、狼藉《ろうぜき》の余韻《よいん》を残して横たわっている女も美しい。もちろん裸に剝《む》かれて、恥ずかしさで円《まる》くなっている女も美しい。

女にはさまざまな美しさがあるが、多くの男はそのうちの、一つか二つしか見ていない。

お金や品物を無駄にするのはもったいないが、女の美しさを一つしか見ない男は、それ以上に、もったいないことをしているともいえる。

——化身

## *80*

### 背中の年齢

「前の年齢は隠せますが、うしろの年齢は隠せません。そやから、年増《としま》のストリッパーは前ばかり見せて、滅多にうしろ向きしません」

この話、男にとって嬉しいようで、少し哀しい。

——午後のヴェランダ

## *81*

### 抑制された美

霞は、伊織のマンションへくる度に、花を持ってきた。初めは侘助《わびすけ》を、それから一ヵ月後には白い芍薬《しゃくやく》を、さらに鉄線《てっせん》とあけびを、そしていまは河骨《こうほね》が飾られている。それぞれに季節のいろどりが鮮やかだが、伊織はそのどれも、霞の一面を伝えているように見える。

佗助の開ききらぬ花の姿は、霞の控えめな態度を、白の芍薬は清潔な豊饒《ほうじょう》さを、鉄線の紫は霞の品のよさを、そしていま飾られている河骨は可憐な妖しさを思わせる。いずれのときも、霞は花の数を極力おさえている。芍薬のときは一輪であったし、鉄線と河骨はともに二輪であった。少ない花のなかに、むしろ抑制された美しさがある。

——ひとひらの雪

## *82*

**白薔薇**

「ここに、君にそっくりの白い薔薇《ばら》がある」

「白い薔薇が、どうしてわたしに似ているのですか」

「清潔で、しかし華やかで、部屋中が引きたつ」

白い花のなかに、うっすらと朱色が潜んでいることを遊佐はいいかねた。

——桜の樹の下で

若いときは誰でも美しく、それゆえに、若くて美しいことは才能ではない。だが四十から五十、さらに六十から七十と、年を重ねてもなお美しければ、それこそまさしく、美しいという名の才能である。

# 3 女の未練

*83*

## 忘れない

好きで愛しているのなら、なぜ一人にしておいていくのか。「忘れない」などといわず、はっきりと「一緒にこい」といってくれたらいいではないか。それともいっそ「嫌いだ」といってくれたほうが余程すっきりする。

このまま、思い出だけ残して去っていかれてはたまらない。

——化粧

84

## 打算

二年前、別れるとき冬子は、「これからはお互い、お友達になりましょう」といった。そういうことで、男と女の生ぐさい関係はきっぱりと断ちきるつもりでいた。

事実、この二年間、二人のあいだにはなにもなかった。

しかし改めて考えてみると、友達になりたい、という言葉の裏には、友達であれば完全に離れなくても済《す》む。いつまでも忘れず、つながっていられるという計算があったこともたしかである。

本当にきっぱりと別れるつもりなら、友達になろう、という必要もなかったかもしれない。いつまでも相手を憎み、思いのかぎり罵《ののし》っていたほうが余程すっきりする。

――くれなゐ

85

## 形見

「わたし、なんにもいらへんのどす」

「バッグでもアクセサリーでも、一つぐらいは、欲しいものはあるだろう」

「あとに残るもんは、いやどす」

「どうして？」
「残ると辛《つら》いから……」
それはあながち嘘ではない。多紀はいつも、いずれは柚木と別れなければならないと自分にいいきかせている。その相手から、形として残るものを受けるのは、いかにも辛い。そんなことをしては、ますます離れ難くなる。

――まひる野

*86*

**気張る**

これまで、精一杯張りつめ、気張ってきたのが無駄になる。いま椎名に逢《あ》って優しくされたら、たちまち男に頼るだけの甘えた女になってしまう。もう大丈夫だと思い、力が抜け、急に未練がましくなる。(中略)
女は一つ崩れだすと、あとは際限がない。
精一杯、ぎりぎりまで耐えてきたからこそ、あの人の一瞬の優しさも、受け入れるわけにいかないのだ。

――化粧

愛しているから未練がのこる。だがその未練の裏には、憎しみから反発、復讐など、さまざまな思いがからみ合っていることを忘れるべきではない。

# 4 結婚願望

87

**こだわり**

たしかに女性にとって、愛の深さは重要だが、同時に愛の形も、それと同じくらいに重要である。いや、ときには実質以上に形式にこだわることもある。

――源氏に愛された女たち

88

**心の傾き**

とやかくいっても、女は確実に身近にいて、つねに愛してくれる男《ひと》に傾いていくものらしい。難しい理屈や、高邁《こうまい》な理念を説くより、今日、横にいて、欲しいものを与えてくれる男の方へ心を移してしまう。理想より現実のたしかさのほうに馴染《なじ》むのは、なにも女だけでなく、男も同じかもしれない。いつになったら自分に戻ってくるか、当てのない人を、いつまでも待っているわけにいかないという不満には、それなりの説得力がある。

——ひとひらの雪

*89*

**年齢をとると**

「女はいつまでも、きれい、というわけにはいかないでしょう。若い間は、そりゃ恋人でも、愛人でもいいけど、年齢をとってくると、安定が欲しくなるものよ」

——夜の出帆

*90*

**妻たちの浮気**

浮気する男の多くが最終的に家庭を崩壊させることまで考えていないのと同じように、現代の妻たちの浮気も、家庭は家庭で維持していこうという都合のいい考えの上に成り立っているケースも少なくなさそうです。

こうした風潮を見ると、夫と妻の関係は、ことのよしあしは別として、フィフティ・フィフティというより、フォーティ・シックスティくらいの割りで、夫より妻のほうが優位になってきている、といってもいいかもしれません。

——男というもの

*91*

## 独身男の武器

「結婚して欲しい」という一言ほど、女にとって心地いい台詞《せりふ》はない。相手の男への好き嫌いは別として、その言葉はいつも女を夢の境地に誘いこむ魔力がある。

考えようによっては、お金のかわりに若い男は、結婚という武器で女に迫ってくるともいえる。目先の百万や二百万のお金より、結婚という枠の中に組み込まれることは、何倍もの安定と憩《やす》らぎを与えてくれそうである。それは見方によっては一生の保証をかちとったといえなくもない。

——メトレス　愛人

とやかくいっても、女は確実に身近にいて、つねに愛してくれる男に傾いていく。さらにその男が結婚という形を示したら、もはや鬼に金棒である。

5

# 女と仕事

*92*

## 両立

女が仕事に熱中すればするほど、男が求める女らしさは消えていく。仕事に集中する分だけ、女から甘えや優しさが消え、かわりに厳しさや逞《たくま》しさが表に出てくる。

これは当然で、厳しさと甘さと両方をもて、というのは男の身勝手な要求というものである。

仕事をもっている女性は、いつも、この女らしさと仕事ができるという、二つの狭間で迷うことになる。

——化身

## 93 豹変

結婚や出産の度に、女の友達が大きく変わるのを、修子はもう何度となく見ている。かつては仕事だけに熱中していた女性が、恋人ができた途端に仕事のことなぞ見向きもしなくなった例もある。また子供嫌いのはずの女性が、子供の惚《のろ》け話ばかりするようになった例もある。

いずれも一概に悪いとはいえないが、少しは毅然《きぜん》と筋を通してもらいたいと思うこともある。

――メトレス　愛人

## 94 分岐点

二十四歳という年齢は難しいと、迪子はつくづく思う。女の若さも、落ちつきも、成熟も、みんな少しずつあって、そのどれにも徹していない。結婚かいましばらく独身のままでいるかと悩む、その境い目の年齢のような気もする。このごろ自分でもおさまりがつかぬほど心が揺れるのは、こんな中途半端な年齢のせいかもしれなかった。

――野わけ

*95*

## ライオンの関係

メスライオンは自ら獲物をとることによって、オスを選ぶ権利をもっています。かわりにオスライオンは頭が大きすぎて獲物をとれないがため、メスライオンに尽し、性的に満足させることで獲物の分けまえをもらうことができる。

この関係、意外にオスとメスの原点を表しているのかもしれません。

――講演録より

*96*

## フルコース

どうやら、女性たちには美貌や、地位や、経済力をこえて、いかに女として生きてきたか、という点で評価される部分があるらしい。

一人の女性がどんなに大きな事業に成功し、巨万の富を築いても、あるいはまた秀れた学者になろうとも、未婚であるかぎり、少し割り引かれて認められない部分がある。

仕事ができることは、それなりに評価されながら、それだけで結婚もせず、子供を産んだことのない女性はどこかで軽く見られるところがあるらしい。かわりにさほど能力はなく低俗な趣味だけの女でも、結婚して子供を産んでいれば、女としてフルコースを体験してきたということだけで、威張《いば》っている部分がある。

——白き狩人

*97*

**ことぶき退社**

寿退社、これを祝う思想が、女性の選択の幅を広げ、一方で能力の幅を狭めているのかもしれない。

——講演録より

**仕事に有能な女性と美しくセクシイな女性とは、必ずしも一致しない。ときにそれを嘆く女性もいるが、それだけ女性の生き方は多彩で、変化に富んでいるともいえる。**

6

# 愛人の立場

*98*

**卑怯な男**

「一緒になれるなら離婚する、なれないなら離婚しない、なんていうのは卑怯《ひきょう》よ。なれてもなれなくても、まず離婚すべきよ」

――阿寒に果つ

*99*

**アクセサリー**

「あなたは奥さんが家にいたら浮気ができて、いなければできないというの」

「そんなことはないが……」

「わかったわ、あなたは本当は奥さんを愛しているのよ、奥さんという安定した港があって、はじめて浮気ができる、要するにわたしはただのアクセサリーなんだわ」

――野わけ

*100*

## 計算の外

「女が男を好きになったら終わりや。深い、深い、泥沼に落ちこむようなもんえ。しかも、相手は奥さんがいはるんやろ、そんな人を好きになって、損するのは女だけえ」

「そんなん、おかしいわ、うちは損するしいひんとかで、好きになるわけやおへん」

――化粧

*101*

## ぬけ殻

「どうせ、お家へ帰らはるのはぬけ殻どす」

この話をきいたとき、菊乃は怖い話だと思った。

好きな男は自宅に帰ったとしても、それは自分に精魂吸いつくされたあとのぬけ殻にすぎない。姿形があったとしても、実を失ったぬけ殻なら、帰ったところでかまわない。

彼女がそう断言する気持ちの裏には、男の愛だけは自分が確実に吸収したという自信があるのであろう。実際、自信がなければそんなことをいえるわけがない。

男の精魂を吸い取り、ぬけ殻にするところに女の業《ごう》がある。

――桜の樹の下で

*102*

## 一人の生活

好きな人に抱かれたあと、家に戻って湯につかり、ビールを飲みながら音楽を聴いている。もうこの部屋は自分だけの天国で、誰も侵入してくる者はいない。

修子はこんな気儘《きまま》に、暢《の》んびり過ごす時間が気に入っている。どんなに愛《いとお》しい男性がいても、一人で寛《くつろ》ぐ時間だけは失いたくない。自分が自分に戻る時間を大切にしたい。

女が一人で生活して三十も過ぎてくると、自分なりの生活のパターンが身についてくる。どんなに好きな人ができても、これだけは崩したくないという生活のリズムができてくる。修子が結婚にいま一つのり気になれないのは、そんな我儘《わがまま》な部分が残っているからかもしれない。

――メトレス　愛人

*103*

**男への復讐**

男がいま最高の愛着を覚えている。そのときに、自分のほうから去ってゆく。それが、愛してはくれたが、妻とは別れる勇気のなかった男への、たった一つの復讐である。

――くれなゐ

*104*

**妻の座より**

考えてみると、遠野は修子に対して、いくつかの思い違いをしていたようである。たとえば今夜も、「君を愛人という立場から解放するために、妻と別れるのだ」といったが、すべての女性が妻の座を求めているわけではないらしい。

*105*

数ある女性のなかには、妻よりは愛人でいるほうが好ましく、自分に合っていると思っている女性もいる。一生でなくても一時、その方が自由で、自分の才能を伸ばせると思っている女性もいる。さらには結婚という形式自体を忌避《きひ》している女性もいるのかもしれない。

——メトレス　愛人

**鮮烈な愛**

愛人というのは、浴びせられる愛が鮮烈でしょう。女に自信があるときは、愛人のほうがいいと思うな。

——「ウーマン」(大谷直子さんとの対談より)

結婚はしていないが、経済的に自立して、かつ深い愛にもつつまれている。こういう女性をフランスではメトレスというが、そこには暗い影はなく、むしろ自立した女性のプライドと前向きの意欲が表れている。

# 7 女のからだ

*106*

## 女のからだ

初潮とか妊娠出産などを体験することによって、女の体質はがらりと変わる。なにをいい加減な、と思う人もいるかもしれないが、初潮が始まるとともに喘息《ぜんそく》がとまったり、出産とともに肌がすっかり変わり、アトピーが治ったという人もいる。

このように、女性の体は生理や妊娠などで大きく変わりうる。

逆にいうと、生理や妊娠は、それほど女性の体に革命的な変化をおよぼし、当然のことながら、それが精神や行動に影響を与えることも多い。

——風のように・不況にきく薬

*107*

## 体内の風

女性の体が生理によって変わり、それとともに心も揺れるときいてはいたが、それがどのくらいのものなのか。

一日も同じではないといわれると、滝野には想像もつかない世界である。

「男は、そんなことないから」

「羨《うらやま》しいわ」

「でも、違いがない分だけ、男はいつも、体のなかを同じ風速の偏西風《へんせいふう》が吹いているようなところがあって」

「女は、凄《すご》くおだやかな日があったり、颱風《たいふう》があったり、大変よ」

「大変だと思うけど、男は逆にいつも同じで、変化がなさすぎてつまらないといえば、つまらない」

「嵐の凄さを、知らないんだわ」

――かりそめ

108

## 微妙

たしかに女の軀《からだ》は、男よりはるかに微妙である。たとえば同じ行為でも、好きな人に抱かれるのと、嫌いな人とでは、快感に天と地ほどの開きがある。

行為そのものをみれば、さして違わないのに、一方では素晴らしい幸福感を味わい、一方では、死にたくなるほどの嫌悪感しか覚えない。

――くれなゐ

109

## 花開くとき

女の性は、多分、潜在能力としてさまざまなものを秘めているのだろうが、それがすべて花開くとは限らない。精神的な抑制やトラウマ、相手の男性との相性の悪さなどで開花せずに終わることもあるが、それがある日何かのきっかけで、一気に花開くときもある。

――告白的女性論（「全集月報」）

*110*

**拒絶**

いかに慣れ親しんでいても、女はいやだと思うことがある。どんな好きな相手でも、今日だけは軀を許したくない、と思うことがある。

——夜の出帆

*111*

**直情径行**

「女の軀は、そんなにいい加減にできていないのよ。男の人のように、あれもこれも、というようなわけにはいかないわ」

たしかにセックスに関しては、女のほうが律義《りちぎ》で一途《いちず》な性なのかもしれない。

——失楽園

*112*

**生命力**

医者だったころ、男より女のほうが、痛みや出血に強く、豊かな皮下脂肪のせいで寒さにも強いことを実感した。

男は表面こそ強がりをいうが、その実、生命力の根幹に関わる点では、はるかに弱い。くわえて精神的な面でも男は弱く、たとえば孤独や、忍耐力、さらには環境に対する適応力などにおいても、いちじるしく劣る。

——淑女紳士諸君

**女のからだは微妙だが、精神は必ずしも繊細とはいいかねる。むしろある面では男より強く逞しく、だからこそ、女は生理、妊娠、出産という大きな嵐に耐えて、生きていけるのであろう。**

8

# 女の妖しさ

113

## 多面体

男に比べて女は多彩で、それだけに一つの面からだけでは描ききれない。つきあう男によって六面体の水晶のように変わり、その都度さまざまな異なる面を見せてくる。

——告白的女性論（「全集月報」）

114

## 剝けば剝くほど

ようやく女がわかったと思ったが、まだまだ本物とはいえそうもない。女を玉葱《たまねぎ》と見ると、その何層もあるうちの、ほんの表層を剝《む》いて覗《のぞ》いただけかもしれない。もっとも、剝けば剝くほど女がわかるというわけでなく、剝くほどに涙が出て目が曇り、わからなくなることもありそうである。

——何処《いずこ》へ

*115*

## もう一人の自分

ときどき、房子は自分のなかにもう一人の自分が棲《す》みついているように思うことがある。体は一つなのに、二つの心が潜んでいるらしい。

それはときによって強い女と弱い女であったり、建て前を大切にする女と本音に従順な女であったりする。

——別れぬ理由

*116*

## 自分のなかに棲むもの

中城ふみ子さんという歌人がいた。(中略)この人の歌に次の一首がある。

梟《ふくろう》も御玉杓子《おたまじゃくし》も花も愛情もともに棲まわせてわれの女よ

歌の意味は、わたしの中には、梟やおたまじゃくしのような得体《えたい》の知れないものから、花を賞《め》でたり、優しく愛情豊かな面まで、さまざまなものが含まれていて、それで自分という一人の女が成り立っているという意味である。

いいかえると、自分のなかには善悪、正邪、白黒、さまざまなものが潜んでいて、表に出るのはその一面にすぎないというわけで、この歌は自分という人間への鋭い凝視と愛着が滲《にじ》んでいる。

——風のように(「週刊現代」)

## *117*

**執着心**

「女はつまらないことに執着するものなのよ。男の人からみたら馬鹿げた、ちっぽけなことに命をかけることだってあるの。女にこんな執念があること、あなたにはまだわからないのでしょう」

——冬の花火

*118*

**見た目**

見たところ浮気などしそうもなくて、意外に脆《もろ》く浮気してしまうのが女である。

――うたかた

*119*

**存在が罪**

具体的に手を出したのは男だとしても、出させるようにし向けたのは女である。直接なにもしなくても魅力的な存在であったこと自体が罪、といえなくもない。

――ひとひらの雪

*120*

**バラツキ**

はっきりいって、男に比べて女性はバラツキが多くて、いわゆる学問的体系に入りにくいのである。現実の問題として、女性のほうが男より個人差があって複雑で、ひとつにまとめにくい、という意味である。

たとえば、セックスについて。

女性のなかには処女のように、ほとんど性欲らしいものを感じない人もいるし、たとえ処女でなくても、性行為を苦痛で不快なものと思いこんでいる人もいる。その一方で、成熟した女性のなかには、性の悦びを熟知していて、セックスに強い欲求を抱いている人もいる。(中略)

こうしたさまざまな違いを無視して、いわゆる女性の性欲や性愛を論じようとしても、到底ひとつにまとまらず、女性全体を論じたことになりにくい。

——風のように・不況にきく薬

*121*

## 恋に滅びてさまになる

女は、恋に身を滅ぼしてさまになる性でしょう。愛の極限までいき地獄を見てきた女は、逆に素敵な女性として評価されるところがあって。恋に破れて傷ついた女というのは、歌謡曲でも歌われてるぐらいだからね。恋に破れて傷ついた男なんて、誰も歌ってくれない(笑)。

——「本の旅人」(林真理子さんとの対談から)

*122*

## 愛の分散

何人もの男達を平等に愛していたということは、いいかえると、誰も本気では愛していなかった、ということではないか。

――阿寒に果つ

**女性は多彩で複雑で、常に流動的である。その動きは必ずしも論理的でなく、それがまた女の魅力となって、男たちを二重に驚かせ、惑わせる。**

# 9 強き性

123

## 教訓

「どんな気の弱い女でも、どんなに気の強い男より、さらに気が強い」

これが、わたしがこの年齢になってえた一つの教訓である。

――これを食べなきゃ

124

## 恐い言葉

「絶対に、別れてやらない」という女の一言は、なかなか迫力に満ちている。

男の方で、もはや愛が冷めたので別れたいといっているのに、絶対別れてやらないというのは、明確な決意表明ではあるが、同時に個人に属するはずの愛する自由の否定でもある。

――淑女紳士諸君

*125*

**革命的**

頭がシャープでよく論じる男より、黙ってきいている平凡な女性の方が、より革命的である。

――風のように・贅を尽くす

*126*

**イエスかノウ**

「あなたは、わたしを好きなの？」

そういうきき方を宗形はあまり好きではない。そうきかれたら、「好きだよ」と答えざるをえない。たとえ好きでなくとも、「嫌いだ」とはいえない。(中略)

だが女は往々にして、この種の質問を好んでする。相手に有無をいわせず、イエスかノウかを迫り、戸惑い、迷う部分を切り捨ててしまう。

――浮島

*127*

## 黒白

まずなによりも勉強になったのは、女はきっかりとして妥協を許さぬ性だということである。男のように曖昧《あいまい》に、あれもこれもといった、いい加減さはない。「愛しているか、いないか」の二つだけで、その中間は認めず黒白がはっきりしている。「いま少し浮気して、じき戻るつもりだ」などといっても納得しない。

――何処《いずこ》へ

*128*

## 女の論理

「わたしを愛していればできるはずよ」というのは、まさしく女の論理である。いわゆる優しくない独善的な女の論理である。

――ふたりの余白

*129*

**生む**

「わたしはあなたを愛しているのよ。一番愛している人の子供を生むのが、どうして不自然なの」

開き直っているだけに、抄子の言葉には有無をいわさぬ強さがある。

女が一度、決心したものを、思い直させるのは難しい。それも軀《からだ》の実感で得た結論だけに、理屈で説得するだけでは勝てそうもない。

――うたかた

*130*

**情炎**

思い込みの深さでは、男は女にかなうわけはない。この人と思った女の執着はこの世のすべてを焼き尽くす。だからものに憑《つ》かれ、化身となり邪淫《じゃいん》になるのは、すべて女なのだ。

――化粧

*131*

## 女へのおそれ

考えてみると、僕は幼い時から女性に対して憧《あこが》れとともに、ある種のおそれのようなものを抱いてきました。女性は優しくて美しくて、か弱い性だと知りながら、どうもそれだけではない、その底に男性の僕らにはとらえきれない、強さと逞《たくま》しさを秘めているような気がしていたのです。

――わたしの女神たち

**最も気の強い男も、最も気の弱い女性に勝てないように、どんなに秀れた理論家より、ごくごく平凡な女性のほうが、はるかにラディカルで革命的である。**

第Ⅲ章

# 男という性

この章では、
男性の精神と軀、
さらにその行動から性の実態まで、
さまざまな角度から考察し、描写された
文章が集められている。
女性に比べて男性はバラツキが少なく、
いわゆる型にはめやすいが、
反面、男性は意外に自らの内面をさらさず、
本音が見えにくい。
ここではその隠された心の内側に踏みこみ、
男を理解するうえで
参考になると思われるものが、
中心になっている。

# 1 少年の性

132

## 母恋い

男性は常に潜在意識のなかで、母を求めている。現実に似ていようがいまいが、心の底では、「母なるもの」へ、憧《あこが》れと安らぎを抱いている。

考えてみるとそれは当然で、この世に生をうけてから、物心つき、自立していくまで、最も身近にいて子供を守り、世話をするのは母親だから、その影響を色濃く受けるのはむしろ当然である。

とくに幼くして母を失い、想像のなかで母を美化し、肥大化した子供ほど、母恋いの思いは深い。いわゆる「瞼《まぶた》の母」で、源氏はその典型といっていいだろう。

——源氏に愛された女たち

133

**無垢の裏側**

異性のせいか、母親が男の子を見る目は優しく、少年を純粋で無垢《むく》なものだと思いこんでいる。

しかし少年はそんなに純粋ではない。無垢とみえるのは無知の裏返しで、知恵さえつけばいつでも悪いことをする。もし大きくなっても純粋で無垢であれば、その子は知恵がつかぬまま育ったか、よほどの悪知恵に長《た》けた演技者のいずれかである。

――影絵

134

**葛藤の始まり**

男の子は中学一、二年生ともなれば、性は生きていく上で欠かせない重要なテーマとなり、ここからいよいよ、自らの内なる性欲と葛藤する激動の時代が始まるのです。

この時期、男はいずれも自分の内側にとんでもない荒くれた性欲が潜んでいることを、ある日突然実感することになります。

――男というもの

135

## 二つの戦い

はっきりいって、若い男の子にとって受験勉強は、学問への戦いであるとともに、性欲との戦いでもある。

ここから先はわたしの体験であるとともに、かつての友人達、さらに最近のごく親しい若者にたしかめたことでもあるが、十代の男が終日、机に向かって勉強することは、かなり苛酷な作業である。いや見方によっては、刑罰といってもいい。

その理由は、勉強というあまり面白くもないものに延々とつき合わねばならぬ鬱陶《うっとう》しさとともに、肉体の内側からふつふつとしてわき起こる欲情を、必死に抑え続けねばならないという、苦役《くえき》をともなうからである。

——風のように・忘れてばかり

136

## 男の序列

よく母親たちが、「どうして、あんな悪い人とつきあうの」と、息子を非難しますが、それは感覚の違いで、お母さんにとって「悪い人」は、息子にとっては「偉い人」であることが多いのです。このあたりは女性である母親には分かりにくい感覚かもしれませんが、男にとっては、ことの善悪とは別に、より強く、より逞《たくま》しく、より大胆不敵であることが、相手を屈伏させ、従わせる条件でもあるのです。

男性だけに通用するこの種の序列は根強く残り、大人になっても引きずることが多いのです。

――男というもの

**少年の股間には、自分で抑制のきかぬもう一人の男が潜んでいて、これの制御にエネルギーの大半を費やしている。**

# 2 男の成長

*137*

## 男だって微妙

女の軀《からだ》は微妙だというが、男の軀も微妙である。

セックスに関しても、ただ若くて体力があればいいというわけでもない。肉体の強さもさることながら、精神的なものも微妙に影響する。

たとえば、いかに体力があり余っても、不安や心配ごとがあるとスムーズにいかないし、女体に対する自信のなさや怯《おび》えが、男のものを萎《な》えさせることにもなる。

——桜の樹の下で

*138*

## 初体験

もはや伸夫は完全に冷静さを失っていた。どうすればいいかもわからぬまま、欲望のおもむくままに突きすすむ。

ただ咲子のなかに入るとき、「これで男になるのだ……」という思いが一瞬、頭の端を横切った。

それは、いままで本で読んだり、考えていたことよりははるかに短く呆気《あっけ》なかった。これが大人達が執拗《しつよう》に求め、憧《あこが》れるほど素敵で心地よいことなのか。長いあいだ夢みてきたことはこれだけのことだったのか。終えてから振り返ると、意外につまらない、他愛ないことのようでもある。

――影絵

*139*

## 男の開眼

開眼という言葉は男性にもあてはまる。ここでも女性の場合と同じく、男性が童貞を失った瞬間が開眼なのではない。童貞の喪失など、処女の喪失より、さらにさらに小さな問題である。

それより男が驚き慌てるのは、女性もセックスが好きで、結構好色なのだと知ったときである。多くの性的に未熟な男性は、男が求めるから、女は仕方なく性交をしているのだと思っている。そして女性にセックスなぞ求めず、淡白によそおっていれば、彼女らは満足しているのだと思いこんでいる。

だがこれが男の側からみた一人合点だということが、ある日突然、それこそ目のうろこが落ちたようにわかってくる。

セックスの最中に卑猥《ひわい》なことを求め、喜んでそれに関《かか》わり合っていくのは、男だけでなく、女も同様である。いや同じどころか、実は女の方が強く求めている。

これを知った瞬間、男は脳天をまっ二つに割られたような衝撃をうける。

——あの人のおかげ

## *140*

### 悪女の魅力

いずれにせよ、男は若くて純粋なときに、かえって奔放で淫《みだ》らな、いわゆる悪女に憧れることが多い。

この心理は男の子が常に未知で不可思議なことに好奇心を燃やすように、奔放で淫らな悪女は、青年にとっては、やがてすすんで行かねばならぬ未知の社会に似て、好奇心をそそる対象なのである。この場合、自分と相手の隔たりが大きければ大きいほど、憧れは一層強まっていく。

——シネマティク恋愛論

*141*

## 堕落への憧れ

「いけない」と百も承知で、そのなかに入っていく。

どうして、そんな危ういことをするのか、自分でもわからない。

だが強《し》いていえば、一種の堕落への憧れとでもいうべきものかもしれない。このままでは自分が駄目になると思いながら、そのなかに堕《お》ちていく。

もしかすると、この種の憧れは、男はみな心に秘めているのかもしれない。いけないといわれると、ますますそこに行ってみたくなる。一種の怖いもの見たさとでもいうべきかもしれない。

——桜の樹の下で

142

## 男を殺すひとこと

妙なたとえかもしれないが、男を殺すに刃ものはいらない。それよりその男と関わり合った何人かの女性が次々に、「あなたのはつまらない」というだけでいい。

男は、というより、男の性は表面の猛々《たけだけ》しさとは別に、内実はメンタルで、傷つき易《やす》い性なのである。

――マイ　センチメンタルジャーニイ

143

## 性的敗北の不安

一般に男は自ら求めて性的な関わりをもつことが多いので、自分が女性に快楽を教え、与えているという意識を常に抱いています。したがって単に射精するだけではもの足りず、それにくわえて、愛する女性に性的な悦《よろこ》びを与えながら、自分のとりこにしていく過程に、もうひとつの悦びを見いだしていく。

要するに、男という性は女をエクスタシイに導いて、はじめて性的充実感を得るという、いささか欲張りで厄介《やっかい》な生き物でもあるのです。

だから彼女が他の男によって、自分が与えるのより大きな悦びを得たとしたら……

それは男にとって大きな敗北です。なぜなら、ことさらに性に執着する男として、その存在価値を根底から否定されたと同じだからです。

この不安を常にもっているからこそ、男は女性の過去にこだわり、結婚するなら、自分と出会うまで処女であった女性であってほしいと願い、求めるのです。

こう見てくると、男の処女願望は男の性のデリケートさというより、未熟な男の自己中心的な願望の所産ということが分かってきます。

――男というもの

*144*

## 女性の好み

若いころ、男が一人の女性を好きになると、年をとっても、そのタイプの女性を追い続けることが多い。

女性の男性への好みが、ときに信じられないほど変るのにくらべると、男の女性への好みは安定しているというか、ブレは小さい。

――源氏に愛された女たち

性に目覚め、女性を知り、それに溺れ、自信を得ていくことが男の成長である。いいかえると、男はそれだけ性にこだわる性的な生きものである。

## 3 男の浮気

*145*

### 花を求めて

男にはこの種の浮気心はたえずある。特定の愛する女性がいながら、もう一方で、別の女性へ憧《あこが》れる。事情さえ許せば、そのまま別の女性へのめり込むこともある。

まことに節操もなく飛び歩く。花を求めて空中を飛びまわる蝶《ちょう》のような、当てのなさだが、考えてみると、これこそ男の業《ごう》そのものかもしれない。

——化身

*146*

## あんな女

よく夫の浮気相手を知った妻が、「あんな女のどこがいいの?」と著しく自尊心を傷つけられて詰め寄ることがありますが、それは少し意味が違うのです。詭弁《きべん》に聞こえるかもしれませんが、妻よりその女性のほうがいいのではなく、妻との関係では得られない緊張感が、その女性とのあいだにあるから燃えた、と考えるべきでしょう。

——男というもの

*147*

## 脈打つ愛

源氏は浮気しながらも紫の上のことを忘れず、絶えず心くばりをし、懸命の言い訳をくり返す。その失いたくないと思う心がまさしく愛の証しでもある。

むろん、そんな虫のいい話は許せないと、女性たちは反撥するが、男が浮気をしたからといってすぐ、「もうあの人はわたしを愛していない」とか、「もう彼とのあいだは終った」などと、悲観的にとらえることはない。

たしかに現実としては許せない浮気を重ねても、男の愛がなお深く、脈々と息づいていることがある。その一歩奥の愛を見逃すと、せっかく得た愛《いとお》しい男性を自分から追いやり、突き離すことになりかねない。

――源氏に愛された女たち

*148*

## 妻以外の女性

穏やかだが退屈な結婚生活に飽きてきたころ、ほとんどの夫たちの目は、外の女性に向けられます。このように男の八割はチャンスさえあれば浮気をすると思っていたほうがよく、残りの一割は珍しく妻とうまくいっていて浮気をする気もおきない男で、他の一割は浮気する勇気もない不能に近い男かもしれません。

その証拠に男同士のあいだでは、「浮気は悪」といった感覚はあまりなく、友人などが浮気をしたと聞くと、羨《うらや》ましがり嫉妬《しっと》することはあっても、しなかった自分はよかったなどと思う男は、きわめて少ないはずです。つまり雄という生きものは、常に浮気に憧れ、それがかなう夢をどこかで描いているものです。

むろん最近は女性も浮気に憧れ、夫以外の男性とつきあう例も増えているようですが、数からいえば、まだまだ夫が遊んでいる例のほうが多いと思われます。

――男というもの

130
*149*

## 愛人に注ぐ愛

男は愛人には具体的な保障を与えてはいないが、かわりに妻の何十倍にもおよぶ、優しさや親切や寛大さや、情熱的な愛を捧げていると思い、実際、そのように実行していることが多い。

もっとも、この愛の認識はあくまで個人的なことで、妻に与えているものは法的に保証された妻の座として、はっきり見えるのに対して、愛人が得ているものはきわめてプライベートで精神的なものであるだけに、見えづらいといってもいいでしょう。

しかし多くの男たちは、妻に与えている保障と同じくらい、あるいはそれ以上に、愛人に与えている精神的・肉体的な献身も大きいと思っています。両者を比較すると同じくらいか、むしろ、現実の大変さからいうと、愛人に与えているもののほうが大きいのに、どうしてそんなに不満を訴えるのか。これが浮気をしている男だけに通用する理屈でもあるのです。

——男というもの

*150*

**愛するエネルギー**

一人の女を好きになるとは、こんなに疲れるものなのか。(中略)それにしても、昔はこんな面倒なことをよくやったものである。

どうやら一つの恋愛をすることは、一つの大仕事をするより疲れるものらしい。

年齢をとり、恋ができなくなるのは、分別がつくとか馬鹿らしくなる、ということより、根本的にエネルギー自体が枯渇《こかつ》してしまうことにあるらしい。

――北都物語

**しかるべき経済力と自由度とチャンスがあれば、ほとんどの男は浮気をする。もししない男がいれば、ごくごく稀な愛妻家か、女性に迫る勇気まではない、精神的な不能者である。**

# 4 男の欲望

*151*

## 死闘の原動力

「男があくせく働くのは、とどのつまり、いい女を捕まえて、自分のものにするためで、これは自然界のすべてに共通する。オスは懸命に餌《えさ》を獲《と》り、邪魔になる相手を倒して、最後に得ようとするのはメスの体と愛情だ。それが欲しいばかりに飽きもせず延々と死闘をくり返す」

――失楽園

*152*

**飢えた獣**

そう、男の愛は食欲に近い。男の女への優しさは、性欲を満たすためのカモフラージュにすぎない。

満たされるまで、男は親切のかぎりを尽くし、満腹したら途端に掌《てのひら》を返したように冷淡になる。

――シネマティク恋愛論

*153*

**いつも考えている**

男たちはみないつも考えているんです。どうやって嫌みなく女を誘うか……。それはもう、みんな知恵を絞っているわけで。だから恋愛をすると、絶対に頭がよくなるね(笑)。

――「本の旅人」(林真理子さんとの対談より)

154

## 性的魅力

たかが性的に魅力がなかっただけで、と首を傾《かし》げる人も多いかもしれないが、男女の結びつきにおいて、性の問題は大きく深い。

とくに男にとって、魅力のない秘所をもった女性と交わり、愛し合うことは性における快感が薄く、常に欲求不満が残るだけに気が重い。さらにそれを強要されたら逃げ出したくなるのは、性的に魅力のない男性と関係せねばならない女性の苦痛を考えれば、容易に想像がつくだろう。

ここで改めて記しておくが、男とて、女性の外見さえよければいいというものではない。それにくわえて、性格や雰囲気とともに、肉体的な問題も大きく影響する。いや、男の勝手ないい分ときこえるかもしれないが、なまじっかな外見より、こちらのほうが重要でさえある。

——源氏に愛された女たち

155

## 男の野心

過去に親しかった男性や同窓会で再会した男性が「久しぶりに会おう」などと連絡

しってくるのは、あからさまにしないにしても、性的関係をもちたいという下心がないとはいいきれません。女性のほうは、なんとなく懐かしいくらいの気持ちで会いにいくのでしょうが、男性の心の裏には、性的関係をもちたいという野心が潜んでいることが多いものです。

したがって会うことには応じたのに、性的関係を許す気がないと知った場合は、急速に冷たくなり、ときには、気だけもたせてと逆に恨まれることになりかねません。むろんすべてがそうだというわけではありませんが、男の優しさの裏側には、その種の願望が潜んでいることが多いので、女性のほうも余計な誤解を招かないように気をつけるべきでしょう。

――男というもの

*156*

## 油断できない

女性の妊娠可能な年限にくらべて、男性のそれははるかに長く、十四、五歳から、人によっては六十から七十代でも妊娠させる能力をもっている。

もちろんこれには個人差があるが、相手の女性はいずれも二十代の若いケースが圧倒的に多いようである。

要するに、オスはいくつになっても自分に油断できない、ということである。

——新釈・びょうき事典

**懸命に働き、地位を得て金を得る。その目的はただひとつ、女にもてて、素敵な女性を自分のものにすることで、原点を探れば、自然界のオスがしていることとなんら変りはない。**

## 5

# 男の夢

*157*

**夢のなかみ**

正直いって男が女に抱く夢のほとんどは、性に関わる淫《みだ》らで妖《あや》しい夢である。

――講演録より

*158*

**さらなる刺激**

愛の刺激は、ひとつを体験するとそれが当り前になり、さらに次のより強い刺激が欲しくなる。

――失楽園

*159*

## 闇の中へ

指と秘所を遮《さえぎ》る衣類があるからこそ、指はさらに大胆に動き、梓も安んじて成すにまかせているのかもしれない。そのまま指は一段と精緻《せいち》に動き、やがて股間が軽く汗ばむ気配を感じるとともに、梓が軽く身をよじる。

素早く滝野が盗み見すると、梓は顔は窓に向けたまま目を閉じ、口だけ軽く開いている。

たしかに梓はいま感じている。その瞬間を逃さぬよう、指先をさらに深く沈めると、どこからともなく梓の手が伸びてきて、滝野の指をしかとおさえてつぶやく。

「やめて……」

瞬間、電車は長いトンネルに入り、淫らな二人はそのままトンネルを驀進《ばくしん》する轟音《ごうおん》と、車窓を埋める闇の中にとりこまれる。

――かりそめ

*160*

## 男冥利

いま目の前に並んでいる二人の女性を、自分は知っている。それも名前とか顔といった表面だけでなく、もっと女の奥深いところまで見届けている。

たとえば二人だけになったときに、母の菊乃がどんな声を洩《も》らし、どんな表情をして乱れるか。そして涼子の白い陶器のような肢体《したい》や、芽生えはじめた感覚の鋭さも。

それらは、二人が遊佐だけに見せた秘密であり、遊佐だけが軀《からだ》で知った実感である。

その秘密は、どんなに親しい親娘同士でも、知ることはできない。

さらに会話を続ける二人を見ながら、遊佐は自分が彼女らを操っているような錯覚にとらわれた。

二人を手玉にとるというわけではないが、二人が自分をとおしてつながっている。

一瞬、遊佐は「男冥利《みょうり》」という言葉を思い出した。

もしそういうものがあるとしたら、いまこの状態が、まさしくそれに違いない。

——桜の樹の下で

*161*

## 孔雀の夢

伊織は白日夢を見ていた。

眼前に霞がベッドに手をついて男を受け入れている。通夜のために着てきた着物の裾は腰までまくりあげられ、その下から二本の肢が見える。夕暮れが近づいた部屋はカーテンで閉ざされ、仄暗《ほのぐら》いなかで、白く浮き出たお臀《しり》が前後に揺れる。

以前、伊織はこれと同じ情景を想像したことがあった。美しく慎しやかな女に、この態位を強要する。初めのうち女は拒絶し、なんとか逃げだそうとするが、執拗《しつよう》に迫られるうち、女は羞恥《しゅうち》に震え、顔を突っ伏せながら受け入れる。初めはおずおずながら、やがてその被虐の態位と快感にたまらず自ら燃えだして下半身をうち震わせる。そんな情景を眼下に見下せたら男冥利につきる。おそらく無数の男のなかで、生涯に一度でもその快楽を体験したものは何人ぐらいか。一パーセントか、あるいはそれにも満たぬかもしれない。これこそまさしく男の夢に違いない。どんな生真面目な男でも、いかに慇懃《いんぎん》な男でも、一度はそうしたセックスを夢み、憧《あこが》れる。

——ひとひらの雪

*162*

## 溺れる二人

このごろの梓は、自分のほうから燃えてきて、滝野の体に唇を這《は》わせ、男性自身を眺めて弄《もてあそ》び、自ら欲しい形を求めて迫ってくる。

たしかに最近の梓は、助平としかいいようのない燃え方をする。外見はそんな気配のかけらもないが、二人だけになると、想像もつかぬほど、激しく妖しく乱れだす。
だが滝野はその梓の、秘めた助平さを、なによりも愛している。男と女が究極に求めて溺《おぼ》れていくのはただひとつ、目もおおうばかりの助平という名の色ごとである。

――かりそめ

*163*

**親密な仲**

ともに乱れて果てると、乱れた分だけ、二人のあいだはまた近づく。むろんその気持ちのなかには、あれほどの姿態《したい》を見せ合った仲だからという甘えと開き直りもある。

――失楽園

地位も権力も名声も、それぞれに夢見るが、その奥で男がさらに夢見ているのは、最愛の女性と淫らなかぎりを尽した性の饗宴である。

## 6 男の本音

164
### 遊びと結婚

遊びならともかく、結婚ということになると、男は途端《とたん》に堅実になり、保守的になる。

——源氏に愛された女たち

165
### 踏みきるとき

男が結婚へ踏み出すのは、必ずしも相手の女性を愛しているからだけではなく、他にいろいろな精神的、社会的な必要性に迫られて決断するというわけです。

したがって、つきあっている男性から「結婚しよう」といわれたとき、「彼は私のことを愛しているから、結婚を望んでいるのだ」と単純に考えず、その他いろいろな理由も含まれているのだと、少々割り引いて考えたほうが無難かもしれません。

もちろんだからといって、そういう態度を打算的とか功利的だと責めるべきでなく、結婚というのは、そうした現実を踏まえたうえで繰りひろげられる約束ごとだと考えるべきでしょう。

――男というもの

*166*

## 手綱さばき

「しかし、初めからあまり甘やかすのも考えものだぞ。女はAを与えるとBを、Bを与えるとCをというように、欲張りで、果てしないからな」

たしかに経済的な面はもちろん、性においても、女の欲望は次々とエスカレートしていく。それをどのあたりでとどめて満足させるのか。そのあたりの手綱《たづな》さばきが、女とつき合っていくときの要点かもしれない。

――化身

*167*

## 妻へのプライド

男は常に自分が一番でいたいと願う生きもので、とくに妻に対しては自分が優位でいないと気がすまない。妻にするなら素直で従順な女性がいいというのもそのためですし、できれば妻には家にいてもらいたいと思うのも、妻を家庭に閉じ込めておくほうが自分が一番になりやすいからです。子供っぽいといえばそれまでですが、自信のない男にかぎってプライドが高く、自分が傷つくことを恐れています。

――男というもの

*168*

## 中年男の本音

独身女性とつきあっている中年男性の大半は、恋も大切だけど、それと同じく、会社での地位や名誉も大切で、ときにはそれにこだわるあまり、せっかくの恋を断念することもないとはいえません。いいかえると、自分の社会的な立場を危うくしない範囲で女性とつきあいたい、というのが中年男の本音でもあるのです。

――男というもの

169

## プライドの裏

もともと男は自尊心が強く、表面は突っ張っていながら、心の底では常に自分の意見をきき入れ、励ましてくれる人を求めている。多少の美徳や知性の有無より、まず自分をたてて、従ってくれる人を待っている。

——源氏に愛された女たち

170

## 結婚は終焉

結婚は青春の終焉《しゅうえん》である。

多かれ少なかれ、男は心の底ではそう思っている。

——男というもの

男は自尊心が強くプライドが高い生きもので、これを揺すぶられたときに最も反撥し、打ち砕かれたときに最も深く落ちこむ。いいかえると、自尊心とプライドをくすぐれば、男を巧みに操ることもできる。

# 7 愛育する喜び

171

**変貌**

男が女を愛する喜びの一つは、自分の力で女性を変えたことを実感することである。

——うたかた

172

**自分好み**

一般に、男は愛育願望があり、これと目をつけた女性を、自分好みのタイプに育てたいと願っている。

——源氏に愛された女たち

173

## 花開く

最愛の女性が性の悦《よろこ》びに目覚めていくのをたしかめることほど、男にとって楽しく、誇らしいことはない。

初めは頑《かたく》なで蕾《つぼみ》のように稚かった軀《からだ》が、徐々に緊張を解き、柔軟さを増し、やがて大輪の花のように咲き匂う。その女として花開く過程に関《かか》わったということは、とりもなおさず、その女性のなかに深く、自分の存在が植えつけられた証《あか》しになる。少なくとも男はそう信じ、そのことに生き甲《が》斐《い》ともいうべき満足を覚える。

――失楽園

174

## 駿馬を駆る馭者

だが絵梨子は、塔野に軀を許しているのである。それも一度ならず数度、その度に絵梨子の体は確実に目覚めてきている。

初めの時は、少し辛《つら》そうに、ただ眼を閉じていただけだが、このごろは最後に近づくと自分のほうからしがみついてきて、小さな声すら洩《も》らす。

あの乱れ方はたしかに自分が教えたものである。少しずつ、なだめすかしながら、じゃじゃ馬が女に変わっていく。生意気な口をききながら、少女のような体が次第に目覚めていく。

その絵梨子の軀をつくり変えているのは自分だという自負が、塔野にはある。自分は美しい馬の馭者《ぎょしゃ》だと思い納得する。

——北都物語

*175*

## 付加価値

もともと性の快楽そのものが薄い男達は、行為そのものより、それに関わるさまざまな反応のほうに関心を抱く。それは愛する女性の燃えていく姿であり、声であり、表情である。それらが万華鏡のように変化しながらゴール目指して駆けていく。それを知り、実感してこそ、男ははじめて軀と心と両面から満たされていく。

この求め方は、例えばさほど内容のないものにさまざまな付加価値をつけて、売りつける商法に似ているかもしれない。

——失楽園

*176*

**求める言葉**

「よかった?」

いまさらたしかめるまでもなく、つい少し前までの抄子の反応を思い返せば、おのずからわかることである。

だが、安芸は言葉でたしかめてみたい。男はそういうことで、満足をたしかなものとする。

抄子はゆっくりとうなずき、それから低くつぶやく。

「とっても……」

男の性は、その一言をきくために全身のエネルギーを費《つか》い果たし、滅びていくようなところがある。女のそうした言葉で、男はさらなる自信とその女性への愛着を深めていく。

――うたかた

強く力のある男は、多くのお金と時間を費して、若く稚い女性を自分好みに愛育する願望を抱く。なんと馬鹿なことをと呆れる女性がいるが、女はそういう無駄なことをしないところが、男との違いでもある。

# 8 男の弱点

*177*

## 自己満足

男は一瞬の台詞《せりふ》に酔うときがある。自分一人でロマンチックな気分に浸り、酔うままに見境いもなく重大なことを引き受けて、あとで後悔する。

――何処《いずこ》へ

*178*

## 男の見栄

「虚栄心」というと、すぐ「女の虚栄心」を思い出すが、「男の虚栄心」も馬鹿にならない。単純な強さからいえば、女のそれより男の虚栄心のほうが強いかもしれない。

ただ、男は見栄《みえ》の表し方がいささか屈折していて、女性のように素直に、露骨に表さない。表向き、「男の意地」とか、「男の義理」といった言葉で誤魔化《ごまか》して、その実やっているのは、見栄の張り合いである。

——遠い過去 近い過去

*179*

**保守的**

本来、男というのは臆病で保守的な生きもので、それだけに既存の生活を壊すことは容易にできない。

たとえば、妻に他の男性の影を感じても、直接問い詰めたり、怒鳴《どな》りちらすことはあまりない。むろん心の中では怒っているが、それを表に出して下手に肯定されては怖いという不安もある。子供がいたりすればなおのこと、離婚するまでの決心はつきかねる。

——告白的女性論(「全集月報」)

180

## 妻の浮気

妻の浮気をはっきり知ったとき、夫たちのほとんどは間違いなく狼狽《ろうばい》し、口惜《くや》しさとともに怒るでしょう。ただここで面白いのは、その怒りの強さは、妻を愛していようがいまいが、あまり変わりないという点です。いいかえると、その怒りは、自分のプライドを傷つけられたことが、まず問題であるからです。

——男というもの

181

## 引退の花道

「男はつらいよ」ではないが、男にはこの種の引退の花道がない。仕事に疲れ、生きていくのが辛《つら》くなっても、結婚という形で逃げるわけにいかない。(中略)

もし、男たちも結婚という逃げ道があったら、なんと救われることか。

これも男尊女卑、男性社会で威張《いば》ってきた報い、などという女性もいそうだが、これはなにも日本にかぎったことではない。欧米でも、男は誰と結婚しても、たとえ大富豪の女性と結婚しても、某女史の夫として、家庭に入るわけにはいかない。たとえ本人がその気で家庭に入ったとしても、まわりの人たちが認めてくれない。

*182*

このあたりは、社会制度の問題というより、男と女の生き方そのものに関《かか》わる、基本的な違いといったほうがよさそうである。

要するに、女は、結婚した男の女になれるけど、男は、永遠に結婚した女の男にはなりきれない。

——風のように(「週刊現代」)

## 捨てられた男

どんな年齢の男にも純愛はあり、懸命に愛して捨てられることがあり、女のためにあらゆることを尽しても一顧だにされず、口惜し涙にくれている男たちがいることも事実である。

ただ彼らは大声で叫ばない。

なぜなら、叫んでも世間からなんの同情も得られず、逆に「馬鹿な男」といわれるだけであることを、知っているからである。

——淑女紳士諸君

183

## 女ごときに

女一人ごときに振り廻《まわ》されるから男なのである。女に逃げられても慌《あわ》てふためかないようでは、男とはいえない。

――何処《いずこ》へ

**男は根は保守的で、そのくせいっときの感情に酔って見栄を張り、いい恰好をしてみせる。要するに情に脆く、泣き虫なのだが、それを見せずに強がる分だけ、心も体も疲れて弱っている。**

# 第Ⅳ章 男と女のはざま

この章では、
男と女の違い、
とくに資質や心情、行動、
さらにセックスから結婚観の違いまで、
さまざまな面から観察し、描写された
文章が集められている。
むろん男と女は共通する面は多いが、
同様に異なる面も無数にある。
この根本的な違いを
まず知ることによって、
本当の意味で男と女は理解し、
許し合えるようになる。

# 1 資質の違い

*184*

**演技者と演出者**

男はやはり演技者であるより、演出者でありたい。大いなる役者であるより、秀れたプロデューサーになりたいと思う。

だが女性のほとんどは、演出者であるより演技者であるほうを望む。

――化身

*185*

**根くらべ**

男と女の闘いは、いってみれば我慢《がまん》くらべかもしれない。どちらかが耐えきれず、先に手を出したほうが負けになる。
だが総じて、こらえ性がないのは、男のほうである。欲しいとなると、無性に欲しくなる。もう少し我慢すればいいものを、つい先に手を出して火傷《やけど》をする。

――化身

## *186*

## **ませている**

もともと男と女が同じ年齢の場合、女のほうがませていることが多い。それは表面の態度だけでなく、人生の体験においても女は軀《からだ》で受けとめている分だけ、男よりたしかでリアリティがある。

――メトレス　愛人

187

## 浮気の弁明

女が浮気をしたとき、男たちがするような理詰めの説明はしない。

「こんな遅くまで、なにをしていたのだ」と問い詰められても、あっさり頭を下げて「遅くなってご免なさい」と謝るだけである。あるいは沈黙を守り続ける。

それでもなお執拗《しつよう》に男が問い詰めると、女は怨《うら》めし気な顔をして、最後に泣き出す。

「わたしを信じてくれないの……」

涙とともに、そう訴えられては、さすがの男も追及する気力を失ってしまう。

そのまま泣きじゃくる女の姿を見ていると、これほど泣いているのだから、浮気はしていないのだろうと思い込むというより、そう思いたくなってしまう。

浮気の弁明として、理で説明する男と情で訴える女と、どちらが勝っているかは明白で、理はいつか露見するが、情は下手な理屈をいっていないぶんだけ、ばれる確率ははるかに低い。

――うたかた

188

## 優しい武器

でも神様はよくしたもので、女には涙という優しい武器を与えたかわりに男には暴力とか、大声といった荒々しい武器を与えてくれたようです。

どちらの武器がいいか、人それぞれに好みがあるでしょうが、単純に強さだけからいえば、大声や腕力の方が上のようです。

でも、これは強いけど、核兵器のように、めったに使えないところが難点です。小さな、ちょっとしたいさかいに、これは使用しにくいのです。

しかし涙ときたら、いつ、どこで、どのようなことにも使うことができます。ものをねだってすねるときから離婚調停の場まで、その出し方によっては相手にかなりのダメージを与え、世間の同情もひきつけます。

——わたしの女神たち

189

## オール・オア・ナッシング

男って、自分の愛する相手以外にも優しいけど、女は違うでしょう。愛する人にはたしかに優しくても、そうじゃない人にはひじょうに冷淡で……。男は優柔不断なグラデーションの性で、女は黒白がはっきりしてるオール・オア・ナッシングの性。この二つがぶつかると、当然、オール・オア・ナッシングの方が迫力あって勝つことになる。

――「本の旅人」(林真理子さんとの対談より)

*190*

**男性優位の崩壊**

男が女に勝てないのは、なにもいまにはじまったことではない。そんなことは人類の有史以来、すでにわかっていたことである。(中略)実際、男たちは以前から、ある実感をこめていっていたはずである。

「女房には、とても敵《かな》わないよ」

かつて余裕をもっていっていた言葉が現実になりつつあるといって、いまさら慌てることはないだろう。

――風のように・別れた理由

**男は瞬発力は強いが、持続する力では女性に勝てない。待つ力も耐える力も弱いから、つい先に手を出し、最初に暴力をふるったのはあなただ、ということになり、まわりも同情し、気がつくと男はいつか女の軍門に下っている。**

## 2 心情の違い

191

### 理屈

男の理屈が女には通じないように、女の理屈も男には通じないのかもしれない。

——影絵

192

### 異なる夢

男も女もロマンチストで夢見ることは多いが、男は女に尽す夢を見て、女は男に尽される夢を見る。

——何処《いずこ》へ

193

**温度差**

男と女は求め合いながらも、その真剣度が違うときがある。男は軽い火遊びのつもりなのに、女が心から燃えていることがある。逆に女は軽い遊びのつもりでも、男が本気で追いかけてくるときもある。

——シネマティク恋愛論

194

**豹変**

男は基本的に女を信じきれないところがある。現実に愛されているとは知りながら、男は女に、いつ豹変《ひょうへん》するかしれない不気味さも感じている。

——うたかた

195

**自己陶酔者**

さよう、男はいい気な自己陶酔者なのである。

日常、ロマンチックな雰囲気のかけらもなく働いているようで、その底には、おだてれば、いくらでも自己犠牲を重ねる甘いところがある。それを嘆く女もいるし、それを利用するしたたかな女もいる。

――シネマティク恋愛論

*196*

## くり返し

男も女も、みんな「人生のあとのまつり」をくり返しているんですよ。

男だって、あのときああしておけばよかった、と悔いているんですが、そのときは頭ではわかっていても行動をおこせない。頭と体が別々に割れちゃうというか。

――華麗なる年輪（吾妻徳穂さんとの対談より）

*197*

## 毅然と未練

「別れ」を通して男と女をくらべると、そこに男女の愛のありかたの差が見えてきます。すなわち女性の場合、愛が燃えあがったときの感情のうねりが激しく、それだけ心が離れたときはきっぱりと相手を切ることができるのに対して、男性は女性ほど激しく燃えあがることがなく、そのかわりいつまでも気持ちが燻《くすぶ》り続け、未練を残すのが一般的な傾向です。つまり女性は潔く毅然《きぜん》とした性であるのに対して、男は女々しくて未練がましい性といったところでしょうか。

――男というもの

*198*

**生まれかわれるなら**

男が即座に「また生まれかわれるなら、やはり男になりたい」と答え、女が「また女に」と答えるときは、その男も女も、幸せなのである。

反対に、男が「今度は女に」と答え、女が「今度は男に」と答える場合、その男女とも、あまり幸せとはいいかねる。

――淑女紳士諸君

*199*

## 男と女の錯覚

男と女が互いに、「あの人の気持がわからない」と言い合うのは、相手が自分と同じものだと考えているところに、最大の原因がある。

——解剖学的女性論

**男は自分に酔い、女はまわりの環境に酔う。自分と環境と、近視と遠視との二人では、愛について語っても意見が合わないのは無理もない。**

3

# 行動の違い

*200*

## 強いのは女

さまざまな女性と深くつき合ってきた男たちは、すでに知っているはずだが、男の強さは見かけだけで、本当に強いという意味では女のほうが上である。瞬発力だけでなく、生命力から性格、決断力など、綜合的に見ると女のほうが圧倒的に強い。くわえて一旦《いったん》開き直ると、女性のほうがはるかに大胆で勇気がある。

——淑女紳士諸君

174

201

## 短距離と長距離

男は百メートル走者で、女はマラソンランナーだから、恋愛の後半、そして結婚にいたると、男は徐々に負けはじめる。

――「本の旅人」(林真理子さんとの対談より)

202

## 集中度

日がな編み棒だけを動かして飽きない女性を見て、女は単純な作業しかできない、と見下す男がいるが、それは裏を返すと、男にはそういう単純作業をできない弱さがある、ということでもある。

しかも女性は編み棒だけを動かしているように見えて、その実、心のなかでは一人の男を思い続けていたり、去っていった男へ怨念をかきたてていたり、激しい心の燃焼をくり返していることがある。要するに精神の集中度においては、女は男より数段すぐれている。だから心霊術や催眠術にかかりやすいともいえる。

そして自分を追いつめ、問いつめる厳しさも、男の比ではないだろう。

――ふたりの余白

203

**決断**

一見、女はぐずぐずしているようにみえるが、それは買物や着るものの選択などの場合で、人生の大きな岐《わか》れ路《みち》などでは意外に大胆に決断する。もちろんそれまでには深刻に悩むのだろうが、一度決めると、もはや振り返りはしない。これに比べると男は買物のようなものは簡単に決めるが、仕事や生き方に関わることについてはなかなか決断がつかず一度決めてからもまた迷いだす。

――何処《いずこ》へ

**男は短距離走者で、女はマラソンランナーである。当然のことながら、初めは男が先行するが、中盤から後半は確実に女が抜いて、ゴールでは男はかなり差をつけられて、負けている。**

# 4 性の違い

204

## 軀と性

女の軀《からだ》はひ弱だが、その性は多彩で逞《たくま》しい。かわりに男の軀は頑健だが、その性は直線的で脆弱《ぜいじゃく》である。

——失楽園

205

## 軽さの衝動

浮気願望は男の性のありかたと切っても切れないものですが、その根底にあるのは男と女の生理の違いです。いうまでもなく男の性行為はペニスを勃起させ、射精することで終わります。放出するのと受け入れるという男女の違いは決定的で、ここに性に対するイメージの違いがはっきりと現われてきます。すなわち放出、外へ撒《ま》き散らすという感覚の安易さと、それを受けとめて、ときには妊《みごも》るかもしれないという感覚の重さとはまったく別ものです。

――男というもの

*206*

## 開発される性

要するに、男の性が初めから一人立ちしているのに対して、女のそれは、しかるべき男性に開発され、啓蒙《けいもう》されて、ようやく一人の成熟した女性となっていく。

――失楽園

*207*

## 無限と有限

性に関する女のイメージは、無限で末広がりとでもいうか、セックスから妊娠、出産、育児と、ひとつの性行為がかぎりない未来へ向けて拡大していく。それに対して男の場合は、セックスはそれだけで独立し、それも果てることで終り、あとは萎《な》えて有限を実感するだけである。

——夜に忍びこむもの

*208*

**ピエロ**

ベッドのなかでは男がいかに荒々しく振舞っても、責めたことにはなりそうもない。初めのうちこそ男が責め苛《さいな》んでいても、途中から、女はその責めに馴染《なじ》み、気がつくと快楽に身をゆだねている。

小刻みに体を震わせながらのぼりつめていく抄子を見て、安芸は自分がオスというピエロになっていることに気がつく。

もはやこれ以上、抄子を追いつめても、そこから先は抄子を悦《よろこ》ばせるだけである。女だけが悦びの坂をのぼりつめ、男のほうは疲れ果てていくばかりである。

だがそうと知りつつ、男はその頂きに女を押しあげることに全力を尽す。そうすることでしか、男は自分の存在を相手に刻みこむことはできない。

——うたかた

*209*

**海と小舟**

とやかくいっても、男は女という海の上で動き廻っている小舟にすぎない。怒り叫び、駆け廻っても、所詮《しょせん》は女の海からは逃げられない。
年齢《とし》をとっても若くても、女体には広大な海のような果てしなさとやわらかさがある。

——化身

*210*

**理解しあえぬ溝**

恋し、愛していながら、男と女のあいだには理解し合えぬ溝がある。それは心というより、生理の原点からもたらされた溝ともいえる。そして愛の醒《さ》めどきに、それは一層深く、黒々と見えてくる。

——シネマティク恋愛論

女の躯はひ弱だが、性は多彩で逞しい。かわりに男の躯は頑健だが、その性は直線的で脆弱である。複雑な分だけ、女の性は導く男が必要だが、気がつくと、その男は女を喜ばせるだけの奉仕者となっている。

5

# エロスの違い

*211*

**最高の死場所**

「こうしてなら、死ねるかもしれない」

「こうして？」

「しっかり抱き合ったまま……」

女の肌につつまれると、男はかぎりなくおだやかに、そして従順になる。そのまま、いつか母に抱かれている少年になり、胎児になり、その先は精液の一滴となって消えていく。

――失楽園

## *212* 快楽を貪る

本来、性感に関して男は熟するということがない。女性のように苦痛が快感になり、オルガスムスを知るに至るという進歩の過程がない。男にとっては童貞を失った時も、青年期も老年期も、性感そのものに大して変わりはない。性の交渉で男が求めるのは女性の未知なる部分であり、性行為そのものより、そこに到達する手続きとか、その時、そしてその前後の女性の反応の仕方である。

だが女性は違う。女性は相手の男性が、その瞬間、どのような取り乱し方をするかなどということには関心を示さない。そんなことへは目を向けないで自ら眼を閉じひたすら快感に浸ろうとする。性を熟知した女性には自ら快楽を貪るといった感じすらある。

——解剖学的女性論

## *213* 襤褸とシルク

情事のきっかけはさまざまだが、最後は常に男が女の軍門に下る形で終る。

今度も、初めは男が全裸の女体を睥睨《へいげい》し、威丈高《いたけだか》に漲《みなぎ》っていたものが、結合し、駆動し、相手を揺さぶるうちに、自らも耐えきれず放出し、その瞬間から、雄々しかった男という山はにわかに緊張を失い、瓦礫《がれき》のように女体の上に崩れ落ちていく。

これを女の側から見れば、自らの上に君臨していた男が突然、死体となっておおいかぶさってきたに等しい。

いずれにせよ、この瞬間から、男の軀《からだ》は一片の襤褸《らんる》となるのに反して、女の軀は艶《つや》やかなシルクに変貌する。

——失楽園

*214*

**変貌の境界線**

男から見ると、女性の軀、とくにエクスタシイというのは、ある種の驚異であり、感動的な変貌です。そこまで忘我の境地になれるということ自体不思議ですが、エクスタシイを経ることによって女性が美しく、かつ柔軟に変化していくことは、女だけに与えられた特権のような気もします。

それまで、肉体関係があってもどこか堅さやぎこちなさがあったのが、エクスタシイを境に、女性の表情は急にやわらかく優しくなり、率直に親密感を表わし、献身的

184

な愛を捧げてくれることもある。同時に、エクスタシイを得たことで女性としての自信もわくのか、どことなく余裕ができ、相手の男性に対して優しくなるだけでなく、周りの人へもやわらかく接することができるようになってくる。
　こうした女性の変化を見ていると、つくづく女の性は奥が深く神秘的だと思い、改めて感動し、それに比べて、男という性はなんと単純なのだろうと思わずにいられません。

——男というもの

*215*

**豊饒と虚脱**

　それにしても、女がめくるめく快楽のきわみで死を夢見るのに比べて、男が沈み込むような虚脱感のなかで死にとり憑《つ》かれるとは、なんという大きな差であることか。
　これこそまさしく無限と有限の性の違いなのか、あるいは新しい生の誕生に加担する女と、射精で生殖に関わるすべての仕事を終える男との差なのか。

——失楽園

快楽の頂点で、女はこのまま死にたいと願い、男は射精のあとで、このまま死ぬかもしれないと怯える。

# 6 結婚観の違い

*216*

## 微妙な影

結婚が男にとっては、世間的に身を固めることであるのに対して、女にとっては一人の男への愛に没頭することになる。

この形と愛と、優先する順位が異なるところが、その後の二人の関係に微妙な影を落とすことになる。

——講演録より

*217*

## 恋愛と結婚

一般に女性は男性に比べて、恋愛と結婚を別に考える意識が薄いかもしれません。いいかえると女性の場合、恋愛の延長線上に常に結婚があるといってもよく、極端にいうと初めて肉体関係をもったその日から、女性はその男と結婚することを夢想することもあるようです。

これに比べると男の愛はもう少し拡散的で、恋愛と結婚は必ずしもつながっているわけではなく、恋愛は恋愛と割り切っている場合が多く、このあたりのくい違いが男と女のあいだでトラブルが生じる、ひとつの原因なのかもしれません。

——男というもの

*218*

## 滲み出る疲れ

「頭から離れることがない」というのが、実は大変な負担で、これがつもりつもって疲れとなる。

たとえば、同じ年齢で結婚している男と、していない男。この二人を較べると、圧倒的に結婚している男のほうが老けて見える。服装が派手で、やることも大胆で、家庭など顧みないようにみえても、既婚者には、どこか世帯をもっている疲れが滲《にじ》んでいる。

同様に、子供をもっている女性は、子供のいない女性より、どこか老けてみえる。いかに仕事に没頭し、子供はお手伝いさんに任せきりでも、どこかに母親である疲れが滲んでいる。

この最大の理由は、頭の片隅に家庭のことや子供のことが残っていて、遅く帰ったり、家事をおろそかにすることに悪いというか、罪の意識を感じている。その申し訳ないという気持ちが積もり積もって、なんともいえない疲れとなり、老けて見える原因となってくる。

――風のように・忘れてばかり

*219*

**生きていく知恵**

考えてみると、本当に大事な問題を避けて通るのは、ある意味では人間の知恵かもしれません。少なくとも男たちが夫婦の問題に関しては本質を避け、だんまりを決め込むのは、自分たちが夫婦でいる意味は何だろうなどと、本気で考えだし、本音でぶ

つかりあうと決定的な亀裂が生まれる可能性があるからです。(中略)
したがって、夫も妻も離婚するだけのエネルギーや勇気がない場合は、本質は避けて仮面を通すのは、生きていく知恵ともいえそうです。
実際そのようにして続けている夫婦は少なくないはずで、そういう意味では仮面夫婦というのは、確信犯的な共犯関係ともいえるでしょう。

――男というもの

*220*

### 夫婦の形

夫が浮気をしているのに別れない妻、妻が浮気をしているのに別れない夫、こうした夫婦が増えつつあるということは、見方を変えると、夫婦というのはその程度の愛情でやっていける、ということにもなります。
それほど心が通いあわず、お互いにつきあっている人が別にいたとしても、形としての夫婦は維持していける。つまりそれだけ現代の夫婦は空洞化している、といってもいいのかもしれません。

――男というもの

結婚に当って、女は愛を優先し、男は形を優先する。いいかえると、女は好きな男性とでなければ結婚を続けられないが、男は多少好きでなくても、結婚という形は保つことができる。

# 7 愛の違い

*221*

### 主導権

一般に恋は男が仕掛けて、女を口説《くど》くが、ともに燃え、愛が深まるにつれて、女のほうが主導権を握り、男を引きずる形になる。それは愛の流れの定石のようでもある。

――告白的女性論（「全集月報」）

*222*

### 肉体関係

ここをはっきりしておく必要があると思うんですが、ただ一度、肉体関係をもったというだけでは、男の場合、必ずしも愛ではない。ある程度頻繁《ひんぱん》につながると愛ですけどね。ところが女のほうは、一回とか二回と回数に関係なく、体を許すという時点において、すでにだいたい愛なんですね。

――渡辺淳一クリニック

*223*

**収斂と拡散**

性において、男は一つの対象に収斂《しゅうれん》せず、時を見て広がっていくのに対して、女は本質的に一点に収斂する。この差があるかぎり、男と女の誤解は消えそうもない。

――桜の樹の下で

*224*

**男と女の友情**

「しかし、お前達の関係はわからんね。好きなのか嫌いなのか、恋人なのか過去の男なのか……」

近岡は新しいオン・ザ・ロックをもらってから答えた。

「強《し》いていえば、友達かな」

「しかし男と女のあいだは、好き嫌いだけで、友情は成立しないというのがお前の持論だろう」

「ただ一つ、前に関係があった男と女のあいだでのみ、例外的に友情が成立する」

――秋冷え

*225*

## 恋の醒めどき

かつてあれほど恋し、愛し合った仲でも、歳月が経てばこのように諍《いさか》い、罵《ののし》り合い、まことに恋が醒《さ》めはじめた男と女の喧嘩ほど生々しく、すさまじいものはない。そして挙句《あげく》のはてには、「それでは別れようか」とまでいいだす。一瞬、その場の勢いで口走っただけだと思いながら、振り返ると、もしや本気ではなかったかとも思う。

だがいかに争い、傷つけ合ったところで、戦いの帰趨《きすう》はすでに見えていた。夫の寛が声高に叫び、相手を罵れば罵るほど言葉は空転し、最後は負け犬になっていく。

――君も雛罌粟《コクリコ》われも雛罌粟《コクリコ》

194

*226*

## 母と少年

女と男が母親と少年という関係になったとき、女は大きな存在となって、男の不実を許すことができる。このことはまた、母と少年の関係こそが、男と女のあいだを長続きさせる手段であることを、示唆してもいる。

なぜなら、男と女の関係では、憎しみや嫌悪になるところが、母と少年とのあいだでは憐憫《れんびん》と同情に変るからである。

――シネマティク恋愛論

**男の「君が一番好き」という台詞は、他に二番目や三番目も少し好きということの意味だが、女の「あなたが一番好き」はほぼ一人を意味する。要するに、男の愛は比較級だが、女の愛は絶対級に近く、そのあたりが男と女の揉める原因でもある。**

8

# 別れの違い

*227*

**醒めかた**

　女性からみると、男ははるかに優柔不断である。「お前は嫌いだ、もう逢《あ》いたくない」といっておきながら、しばらくして女性から電話でもかかってくると、またのこのこ出かけて行って、逢ったりする。いったん別れると決意したはずなのに、少し女に甘えられるとすぐ気を許す。(中略)

　女は一瞬一瞬、愛への集中度が強いだけに、いったん醒《さ》めたら、その醒め方もまた早い。それは女性の性格がきついというより、妊娠とか出産という役目を背負った性として、中途半端では生きていけない、必然の姿なのかもしれない。

――ひとひらの雪

228

**オブラートが剝げると……**

「とことん話しあってみたけれど、あんな男《ひと》だとは思わなかったわ」

「今度よく話してみたけど、俺とはまったく考えの違う女だった」

男と女が互いにいい合っても、そんなことは初めからわかっていたことなのである。

いや、わからなかったという人もいるだろうが、それは愛というオブラートで気づかなかっただけである。

いいかえると、愛というオブラートが剝《は》げると、男と女はただの、わかり合えぬ他人同士、ということになる。

——風のように・別れた理由

229

**妥協の先**

男と女の関係は、所詮《しょせん》は妥協のつみ重ねである。

妥協して妥協して、最後にどちらかが妥協しきれなくなったときに別れにいたる。

——風のように・別れた理由

女は別れるまではおおいに迷うが、一度、別れると決めたら、もはや振り返りはしない。これに反して、男は別れるとは簡単にいうが、実際は容易に別れず、ただひとつ、男が毅然と別れるときは、後任がいるときにかぎられている。

第Ⅴ章

# 愛の万華鏡

この章では、
一組の愛し合う男女が頂点に登りつめる。
その華麗な愛の世界の実態と、
それを描写した文章が集められている。
いま、その愛の頂点にいる人はもとより、
それを願う人たちも、
この世界の妖しさを実感するとともに、
その深さと重さについても想像し、
考えるきっかけにしてほしい。

# 1 セクシイ

*230*

## 最上の褒め言葉

「セクシイというのは、男が最も素敵な女性に捧げる最上の褒《ほ》め言葉だよ」

——うたかた

*231*

## いい女に

「ただの綺麗な女から、いい女になった」
「それ、どういう意味ですか」
「セクシイだということさ」

232

「いやだわ」

「そんなことはない。美しい女は沢山《たくさん》いるけれど、セクシイな女はそういない」

――桜の樹の下で

233

**近づいたら**

「凄《すご》くきちんとしていて、そのくせ、なにか思い詰めている感じで、心配で目を離せないと思って近づいたら……」

「そうしたら、どうだったの？」

「大変なエッチだった」

――失楽園

**ためらい**

菊乃の脱ぎ方には、どこか嫋々《じょうじょう》として秘めやかなところがある。

やがて脱ぎ終わったのか動きがとまり、いままで立っていた影が小さくなって蹲《しゃが》みこみ、その位置から、黒い影がゆっくりと近づいてくる。
闇のなかで白い長襦袢《ながじゅばん》がかすかに揺れて、音もなく近づいてきた菊乃は、ベッドのわきで一瞬ためらい、それから身を屈《かが》めるとそろそろと入ってくる。

——桜の樹の下で

234

**肌に降り積む桜**

ひとひら、そしてまたひとひら、風に追われた花片が舞いこみ、凜子の白く柔らかな肌が徐々に桜の花片で染まっていく。

——失楽園

235

**桜変化**

夜のなかで淡く浮き上がる女体を見ながら、遊佐の脳裏に再びさまざまな桜が甦《よみがえ》ってくる。

*236*

花曇りの空の下で、枝垂《しだ》れ桜が武家屋敷の黒板塀《くろいたべい》に降りかかっていた。振り返ると京の八坂の真昼どきの枝垂れ桜は真紅《しんく》の滝のようで、夜の枝垂れは夜火事のようであった。

——桜の樹の下で

**月光の視線**

初めは、すべてを剝《は》ぎとられた女体を、上から猛々《たけだけ》しく襲うつもりであったのが、美しさに見惚れるうちに惜しくなり、なおしばらくこのまま眺めていたい。

若いときは、ひたすら奪うことしか知らなかったが、年を経たいまはむしろ目で犯す悦《よろこ》びも深い。まさに視姦《しかん》とでもいうのか、自ら月の光になり、白い女体へ滲透《しんとう》するように視線を這《は》わせる。

——失楽園

美しい女は少なくないが、セクシイな女は少ない。同様に、姿のいい男は多いが、セクシイな男は少ない。なぜなら、美しさやハンサムは外形の問題だが、セクシイは内面から滲むものだけに、一朝一夕には成り立たないからである。

# 2 前戯

*237*

## 愛撫が必要

はっきりいって、女性と猫ほど丹念な愛撫を必要とするものはない。それを充分に与えるかぎり、この二つの生きものは慈雨を受けた草花のように日々新鮮に美しく、艶《つや》やかに咲き誇っていく。

――マイ　センチメンタルジャーニイ

*238*

## 餌づけ

里子はもう逆らうことはない。求められるままに、自分のほうからそっと唇をさし

208

だす。親鳥が子に餌《えさ》を口移しに渡すような仕草に似ていると、つい可笑《おか》しくなる。

――化粧

239

**乳首と舌**

ゆるやかな丘をこえて唇が乳首をとらえると、それをまるごと口のなかに含み、ゆっくりと舌を動かす。左右に、そしてときに円《まる》く舌を絡ませながら、久木はいまなにも考えていない。母と子が、生まれたときから乳房と唇で結ばれていたように、女と男も乳首と舌で未来永劫《えいごう》に結ばれている。

――失楽園

240

**吐息**

「抱いて……」

瞬間、滝野はそれを闇の中から浮き出てきた声のように聞く。たしかに梓の口から洩《も》れたとは知りながら、それは二人のあいだの濃密な空間から生みだされた吐息のようである。

――かりそめ

*241*

**優しい感触**

秘所の蕾《つぼみ》に添えた手も、指先が触れるか触れぬくらいの軽さで、強さはほとんど必要としない。柔らかく、優しければ優しいほど女の感覚は研《と》ぎすまされていく。よく女性達が、「優しい人が好き」というのは、外見ではなく、タッチの優しい人、という意味といってもいいほど、女性と接するときはまず優しさが武器となる。

――失楽園

*242*

**反撥**

「いやよ」

瞬間、聖子はつぶやいたが、言葉とはうらはらに、顔は加倉井の胸へおしつけていた。

いま聖子の言葉に特別の意味はない。

奪われることに、もはや抵抗はない。もしいくらかの反撥があるとすれば、それは羞《は》ずかしい思いをさせたり、じらされたりすることへの恨みである。

加倉井が強引であったから自分は奪われた。そのいい訳さえあれば、いまの聖子は素直に加倉井を受け入れることができる。

――夜の出帆

**時間をかけて丹念に優しく愛撫する。性急で我慢のきかない男にはいささか苦手な作業だが、それが豊かなエロスへ通じる第一の扉である。**

3

# エクスタシイ

243

## 禁断の木の実

いま二人が汚濁にまみれた現世にいるのは、性という禁断の木の実を食べたからである。その罪ゆえに神の怒りに触れ、天上からこの世に堕《お》とされたのだとしたら、思いきり性を貪り、堪能《たんのう》して死にたい。

――失楽園

244

## エクスタシイ

ここであえてエクスタシイを定義すると、性的に成熟した女性が性行為によって興奮の極みに達したとき、激しい快感とともに一時的に雲の上を浮遊するような、ときには意識が虚《うつ》ろになるような絶頂感にとらわれる瞬間のことである。それは肉体的には膣の周りに血液が充満して膣内の温度が上がり、内壁の粘膜が小刻みに痙攣《けいれん》するとともに、男性自身に密着する状態、とでもいえばいいのかもしれません。

――男というもの

*245*

**花開く**

相手を愛し、信頼し、そして当の男性がそれに応《こた》えて適切にリードするかぎり、女性の性はたしかに花開いていく。

特別の異常でもないかぎり、女体は悦《よろこ》びを感じるようにつくられている。

――新釈・びょうき事典

*246*

**弛緩**

最後の息絶えるような声をあげた後、冴子は首をのけぞらし、八津の胴にまわしていた手をだらりとベッドの上に投げ出した。軽く開いた口が大きな息を吸い、寄せられた眉根がゆっくりと開いていく。全身から力が抜け、萎《な》えたまま、八津はなお惜しげに唇を近づけ、反応のない冴子の舌を吸い続けた。冴子の目は閉じられ、長い睫毛《まつげ》が蓋《ふた》を伏せたように深々と目のまわりを覆っていた。

――失われた椅子

*247*

**宙に漂う**

体が火となって走っていく。もう止りはしない。目をつむり、髪をふり乱して走っていく。男に組みしかれ、悦びに波打つ肢体《したい》が少し前、白衣を着て患者の脈をとった、その体と同じとは思えない。

喉《のど》から洩《も》れる小さな声とともに倫子は遠い宇宙へとび出す。瞬間、きらめくような星座がみえ、やがて広く豊かな宇宙に漂う。

直江がどうであったのか、自分がどんな羞《は》ずかしい声をあげ、どんな動きを示したのか、一切が闇《やみ》の彼方に茫漠《ぼうばく》として定かではない。

――無影燈

248

## 愉悦の瞬間

「だめよう……」

気持ちの上では抑えようとしているが、軀《からだ》はすでに走り始めているのか、あるいは軀が走り始めたのを知って、せめて言葉だけででも抑えようとしているのか。

一旦、走り出した軀は、もはや止まりはしない。熱く、火ぶくれのように燃えた花芯が、小刻みな痙攣をくり返しながら行き果て、それとともに女の内側がビロードの襞《ひだ》となって男のペニスに巻きついてくる。まさに、それは男の愉悦の瞬間で、このいっときを得るために男は女に尽し、優しく振る舞い、出費する。膨大な時間と金と労力を費して女に奉仕するのは、ひたすらこの果てるときを共有したいためである。

——失楽園

249

## 比例の方程式

女が燃えすぎて、男が困ることはない。女が燃えれば燃えるほど、男の愛しさは増していく。

——かりそめ

エクスタシイを満喫した女性と、していない女性とでは、男というものへの愛着と認識はまったく異なっている。同様に相手の女性をエクスタシイに導いたことのある男と、導いたことのない男とでは、女に対する愛着と怖れがまったく違ってくる。

# 4 後戯

*250*

## 静寂なとき

燃えているときはもちろん、燃え尽きたあとの静けさにも味わいはある。

その瞬間、男はすべてが終末に向かうような予感を覚えるが、同時に無の世界に堕《お》ちていくような安らぎも覚える。

深くつながり合っている男と女が改めて愛を覚えるのは、この燃えつきたあとの、時が止まったような静寂のときかもしれない。

——うたかた

251

## 情事の後

気がつくと、滝野の腕の中に梓はすっぽりとおさまり、女の頭は男の左の肩口にあり、女の上半身はややおおいかぶさるように男に寄り添い、燃えた余韻の残る女の股間に、男の腿が忍びこんでいる。

その近づき方は情事の前と変りはないが、いまの姿は、ともに満ち足りたという充足感のせいか、密着していながらどこかに余裕があり、その軽く緩んだ抱擁《ほうよう》の感覚が、また気倦《けだる》く心地よい。

もはや梓は、どこをさわられても逆らう気配はない。唇はもちろん、乳首も腋《わき》も、柔らかな繁みのまわりも、触れるにまかせ、ひっそりと目を閉じている。

――かりそめ

252

## 合体

抱かれながら、多紀はいつも、人間と人間の軀《からだ》は、どうしてこの程度しか密着できないのかと思う。これ以上、触れ合う面を広くできないものなのか。表も裏も、胸も背中も、膝も足の裏も、すべてを重ね合わせたい。

多紀は必死にしがみつく。頭をすりつけ、下半身をおしつけ、足を絡ませてにじり寄る。まるで親犬のお腹の下に、乳を求めてもぐりこむ子犬のようである。

――まひる野

## 253

### 人肌

まことに、人肌ほど心地よいものはない。

むろん好き嫌いや相性もあろうが、肌と肌を接しているかぎり男も女も心が休まり、苛々《いらいら》も焦《あせ》りも、不安も怯《おび》えも、すべてが薄れていく。

この世に生きとし生けるもの、すべて肌を接しているかぎり争うことはないのに、生活や仕事に追われて人々はそれができなくなってしまった。まず会社に行くためには、互いに離れなければならないし、人に会うときも触れたままではまずい。さらには道徳や常識や倫理など、厄介《やっかい》なものができてから、肌と肌とを接したままでいる時間は急速に減ってきた。

――失楽園

254

## 散る花

一夜明けて、鉄幹は一段と余裕を見せてゆったりと構え、それに対して、晶子は初々《ういうい》しい花嫁のようにかしずく。

昨夜、二人の初夜を守るように閉じられていた板戸を開けると、雨は完全にあがって鋭い朝日が射し込み、縁に立つと石畳にそって清水が流れ、その先の椿の葉が陽を照り返して光っている。昨日、晶子が夕暮れのなかで見たときは、その椿の根元に真紅の花が一輪落ちていたが、いまはその横にさらに一輪くわわり、深夜、二人が休んでいるあいだに散ったことに、晶子は軽い羞恥《しゅうち》を覚える。

――君も雛罌粟《コクリコ》われも雛罌粟《コクリコ》

255

## ボディランゲージ

とやかくいっても、男と女のあいだは一夜、しっくりと抱き合えば事情は変わってくる。罵《ののし》り、憎み合っても、一夜明ければときに笑いころげ、昨夜の争いがつまらぬ他愛ないものに思えてくる。

表面の言葉ではわかり合えぬことでも、躯ごとぶつかれば、自ずとわかり合えることがある。中途半端な言葉より、直接、軀と軀で語り合ったほうがたしかで早い。
まさしく、ボディランゲージに勝るものはない。

——化身

*256*

**虚飾を捨てる**

男が求めていながら、気がつくと女が求め、それに促されて再び男が求めていく。ともに求め合いながら、二人は虚飾のすべてをかなぐり捨てて生まれたままの男と女に戻っていく。
結ばれたあと、身軽になったように思うのは、そうした装《よそお》うさまざまなものを振り払ったせいかもしれない。

——うたかた

情事のあと、肌と肌を触れ合わせたまま燃えた余韻に浸っている。それこそまさしくボディランゲージで、声に出す言葉はすべて不要である。

# 5 変貌

*257*

**魔物**

「また、違うのよ」

つい少し前と今回と、同じ果てても内容が違うことをいっているようである。

それをききながら久木は、男のすべてをつつみこむふくよかな女体が、突然得体《えたい》の知れぬ魔物のように思えてくる。

――失楽園

*258*

## 情事の影響

情事のたびごとに霞の肌はうるおい、和《やわ》らいでくる。それは顔の表情や、胸元のまろやかさや、手のふとした仕草など、霞の全身から匂ってくる。そんな、日と時によって揺れ動く女体に伊織は驚き、呆《あき》れながら、羨《うらや》ましいとも思う。男の軀《からだ》は冷静といえば冷静だが、常に淡々として波がない。情事によって、匂うように美しくなったり、華やぐこともない。

――ひとひらの雪

*259*

## 口走る

二人だけになった時の高明の愛撫は、若い恋人のそれにも負けぬ激しさと一途《いちず》さがあった。

接吻さえ知らなかった聖子が、半年もせずに高明のものを愛撫し、瞬間、羞《は》ずかしい言葉を口走るまでの変貌をとげていた。

多分、それは「とげさせられた」という言葉のほうがふさわしい。

聖子は自分の軀の変化に驚き、慌てながら、軀が精神より先に走り出していることを実感する。

——夜の出帆

*260*

**軀の奥**

いま、美砂はつくづく自分の変貌に驚かされる。

紙谷を知るまで、男はみな乱暴で、勝手気儘《きまま》なものだと一人合点していたが、いまはまるで違う。男ほど優しく、懐かしいものはいないと思う。

セックスは不潔でいやらしいものと単純に思いこんでいたが、いまは不潔どころか、はるかに豊かで優しいものに思われる。

正直いって、美砂はこのごろ、性の悦《よろこ》びがなんとなくわかるような気がする。まだ茫漠《ぼうばく》として、とらえどころはないが、軀の奥のほうでかすかに鳴りだすものがある。

ゆっくりと、しかし確実に、美砂の軀は紙谷によって呼びさまされているようである。

——流氷への旅

*261*

**肉体と精神**

男もセックスに溺《おぼ》れると、精神的にもさらに一段と相手が愛しくなり、離れがたくなってくる。これは女性にもおこりうることで、最初はそれほど好きではなくても、性的な相性がよく、体が馴染《なじ》むにつれ、次第に相手のことが好きになってくる。

まさに肉体と精神は、卵が先か鶏が先かといった感じで、両者が交錯し合い、ともに深まっていく。

——男というもの

**結ばれる度に悦びは深まる。このままどこまで堕ちていくのか、女はその深さを想像して目を閉じ、男はその怖さに怯えて目をつむる。**

# 6 性の不思議

262

## 性の尊厳

性を蔑《いや》しむものは、自らを蔑しんでいるのと同じである。

——風のように・贅を尽くす

263

## 男女の素顔

実際、男と女のことは第三者などにわかりはしない。

男女が裸のまま結ばれるセックスの瞬間を知らないで、外からしたり顔に、とやかくいったところで無駄である。男と女の本当の素顔を知っているのは、性のつながりまでもった当事者だけである。

――化身

*264*

**生殖本能**

人間にかぎらず、すべての生き物はこの世に永遠に生きてはいけない。それを本能的に知っているから、人々は生殖、すなわち子供を残すことに執着するのかもしれません。

――講演録より

*265*

**裏切り**

肉体を過大評価する必要はないけれど、過小評価するのも間違いです。肉体の絆を低くみることで、大事な関係を失うこともあるし、肉体をあなどり、自分は理性でコントロールできると過信すると、思わぬ深みに入って身動きがとれなくなることもある。つまり肉体はいとも簡単に、それまでの自分を裏切る可能性がある、ということです。

――男というもの

*266*

**大脳皮質**

肉体行為といっても、その実態は脳細胞という果てしないキャパシティをもった器官でコントロールすることですから、その行為で自信ができると、それがまた能力のアップにつながる。そういう意味では肉体行為といっても、実際は極めて知的な作業でもあって、それだけに人によって大きな差ができると思うんです。いわゆる自信が自信を生む形で、食欲なんかと違って、その気になるとかなりできて、やらないでいると、それはそれでやらなくてもいいものになっていくんでしょうね。

――渡辺淳一の世界(丸谷才一さんとの対談より)

*267*

**性の嗜好**

多分、動物が高等になればなるほど、性のバリエーションは複雑多岐になり、その頂点にいるのが人類だとすると、そこにいろいろな趣向の違いが出てくるのは当然である。

たとえば二人でいるときの会話から心が通いあい、やがて接吻から、衣服を脱いで結ばれる。それまでの過程はもちろん、そのあとの時間の過ごしかたから別れまで、十人の男には十通りのやり方があり、十人の女には十通りの好みがある。

これらを合わせて考えると、性はまさしく文化なのかもしれない。

――失楽園

*268*

## 性の普遍

たしかに性ほど普遍的で、その実、個人的で秘密めいたものはない。

何千年前の人々も現代の人々も、同じことをくり返しているといいながら、細《こま》かく見るとそのやり方は千差万別で、感じ方も満たされ方もすべて違う。

おそらくこの世界だけは進歩も退歩もない。科学文明が発達した現代人だから巧みで、古代の人はまずかったということもない。みなそれぞれに体験と実感から徐々に学び、よかれと思うことを試み、その結果に一喜一憂する。

まさしくここだけは科学も文明も介入しえない、生身の男と女が裸で触れ合って知る、一代かぎりの知恵であり、文化である。

――失楽園

**男女の愛は、性で結ばれた当事者の二人にしかわからない。その性の実態を知りもせず、二人の愛に介入するのは、本の知識だけで人間を知ったと思いこむ、学者の愚かさと同じである。**

## 7 エロスの力

*269*

**一夜で深まる**

男女のあいだは、一夜結ばれただけで急速に互いの心の垣根が除かれていく。

——源氏に愛された女たち

*270*

**二つの絆**

むろん、愛には精神的なつながりを欠かせないが、同時に肉体的な面での相性も重要である。いや、ときには精神的なつながりはさほどでなくても、肉体的な魅力に惹《ひ》かれて離れがたくなることもある。

――失楽園

*271*

**変革**

いずれにせよ、性というものは、ときとしてそれまでの自分を覆《くつがえ》し、変革させるだけの力をもっています。いいかえると、性を通していままで知らなかった自分を発見し、開拓していける可能性もあるわけで、それこそが性の豊かさであり、素晴らしさといってもいいでしょう。

――男というもの

*272*

**出会いの形**

一般にわれわれというより日本人は、出会いを大切にする。

一組の男女の結びつきにしても、まず心と心が触れ合い、精神的な愛が高まって、やがて肉体的な関係に入っていくべきだと考える。

たしかにこれはこれで好ましいことで、そういう理想的な形で結婚まですすんだ例も多いだろう。だが出会いや馴《な》れ染《そ》めのきっかけはいかに貧しくて不潔でも、その過程によっては、深い愛にまで昇華することもある。

誤解されては困るが、出会いなぞどうでもいい、といっているわけではない。できることなら出会いも美しいにこしたことはない。

しかし出会いに問題があるからといって、その関係をすべて否定したり、軽蔑するのは行き過ぎというものである。

――風のように・忘れてばかり

*273*

**耽溺**

女も男も、とくに男性にとって、相手の女性との性愛は重要である。それが深いか浅いか、濃いか薄いかによって、男が女に執着する度合いは大きく変ってくる。

想像するところ、源氏がきわだって優れたところもない夕顔に執着したのは、なによりも夕顔との性愛に耽溺《たんでき》したからではないか。

――源氏に愛された女たち

男女のあいだは性愛まですすんで、初めて相手の実態が見えてくる。そこまで行かずに見える相手は、人間というより、外見だけで装われた人形にすぎない。

## 8

# 愛は不変

*274*

### 人間そのもの

これだけ科学文明がすすんだのに、人間は飽きもせず惚《ほ》れた憎んだとつまらぬ痴話《ちわ》喧嘩《げんか》をくり返している、と嘆く人がいるけど、だからこそコンピューターやロボットでなく、人間そのもので素敵なのです。

――淑女紳士諸君

*275*

## 書物の知識

男女のことは、あくまで知識ではなく、体験や実感をとおしてしか知り得ない。

その証拠に、女が男について書かれた本を何冊読んだところで、本当の男は知り得ないし、逆に男が、女について書かれた本をいくら読んだところで、本当の意味での女性を知ることはできない。

――源氏に愛された女たち

*276*

## 平等な世界

どんなに成績のいい男でも、女をわからない男は永遠にわからないし、学校なんか出てなくても、わかる人はわかる。いかに貧しい女でも、男がよくわかる女もいれば、裕福な家の奥さんや頭が切れるといわれる女性でも、男について何もわかっていない女もいる。つまり男と女のことは地位や知性や教養などとは関係なく、各々の体験と感性でわかってくる、実に平等な世界だと思います。

――創作の現場から

*277*

**常識とは別**

愛は常識ではない。もっと人間臭く、根深く、はかり知れないもので、それを知れば、他人の愛をももっと謙虚で、冷静に見られるはずだ。

愛を常識で裁くという、そういう思い上った感覚こそが、まさに現代の愛を不毛で、貧しいものにしている元凶ではないだろうか。

――ふたりの余白

*278*

**進歩しないからこそ**

もう何万年ものあいだ、人間の感性や心情は一代かぎりの知恵として創られ、磨かれ、そしてあとかたもなく消えていった。それだけ見ると、砂の上に築いた楼閣のように虚しく徒労のように思われる。

しかし、見方を変えると、このように進歩しない部分があるからこそ、人間はわかりあえる部分もある。

たとえばいまわれわれは、ほぼ千年近く前に書かれた源氏物語を読んだとき、平安朝貴族の生活背景はわからなくても、愛する男と女の喜びや別離の哀しみ、さらには嫉妬《しっと》や怨念《おんねん》や憎しみなどは手にとるようにわかる。

――淑女紳士諸君

*279*

## 永遠のテーマ

どんなに時代が進歩しようとも、男と女の関係はつねに一定の軌道上でうごめいていて、そこから外れず、従って進歩することもない。進歩しないということは、逆にいえば決して古びないということです。

――創作の現場から

*280*

## 死に対抗できるもの

いうまでもなく、死は人間にとって最大の恐怖だけど、それに辛《かろ》うじて対抗できるのは、愛だけである。これは医師のころに実感したのだが、死を予感して恐れおののいている人も、愛を与えられれば多少とも心が落ち着き和《なご》む。いずれ死は避けられないとしても、愛する人が横にいて手を握ってくれるとか、背中を摩《さす》ってくれてるだけ

*281*

で、一時的にしても安心して穏やかになる。こういう例をいくつも見ていると、死に唯一対抗できるのは愛しかない。愛こそ、人間が一生かけて求め、探している宝石なのだということが、しみじみわかってくる。

人間は死ぬまで愛を追い求める。たとえ得られなくても、追いかけたいと願うあいだは人間で、それをあきらめたときから人間は人間でなくなってしまう。

——反常識講座

**有終**

すべてに終りがあることは初めからわかっていながら、いっとき、人々は終りはないものと思いこむ。終りを忘れて楽しみ、遊び惚《ほう》けて、ふと、終りを垣間見て怖気《おじけ》づく。いまの伊織の心はそれに近い。

こんな享楽は長く続くわけはないと思いながら、日夜、この宮殿で遊び惚けた男も女も、やがてときがきて退場し、あとには静寂だけがとり残された。そのときの落日も、今日のように赤く華やかで、体に沁《し》みる程、淋しかったのかもしれない。

——ひとひらの雪

自然科学がこれだけすすんでいるのに、男と女は相変らず、好きだ嫌いだと、つまらぬ痴話喧嘩をくり返している、といって嘆く人がいる。

しかしだからこそ人間なのであって、そういうところがなくなったら、単なるロボットかコンピューターになってしまう。

所詮、男女の愛は体験と実感でしか知りえない一代かぎりの知恵で、それ故に千年前もいまも変らず、これからも大きく変ることはないだろう。

# あとがき

ここに集められた文章は、わたしの著作のなかでも比較的最近の作品のなかから抽出されたものだが、いずれも短い文章なので、理解しやすいように一部加筆したものもある。また「かりそめ」は十一月末に刊行予定のため、週刊誌に連載したものから、「淑女紳士諸君」は「WINDS」に連載したものをもとにしている。

いうまでもなく、わたしは男性であり、そのため男に関する部分はともかく、女性に関する部分についてはいささか異なるというか、違和感をもつ人もいるかもしれない。また同じ女性でも、その人の受けた教育や躾《しつけ》、体験、感性などによって、愛や性に関わる認識はおおいに異なってくる。

そういう意味では、すべての人に納得してもらうのは難しいが、それでもなお人間の、そして男と女の本然的、かつ根元的な姿を探りたいと願ってきた。

その成果はともかく、これを読むことによって、男と女の愛にはさまざまな見方や考え方があり、それを追い求めていくと、人間というものの妖《あや》しさと不思議さ、そして最後には愛《いとお》しさにたどりつくことを知っていただければ、幸いである。

一九九九年八月

著者

# 著作一覧

## 【単行本】

ダブル・ハート　一九六九年　文藝春秋
〈収録短篇〉死化粧　霙　訪れ　ダブル・ハート
小説心臓移植　一九六九年　文藝春秋
北方領海　一九六九年　学習研究社
〈収録短篇〉北方領海　恐怖はゆるやかに　閲の壁
プレパラートの翳　一九六九年　講談社
〈収録短篇〉プレパラートの翳　血痕追跡　点滴　自殺のすすめ　浜益まで　秋の終りの旅
二つの性　一九七〇年　廣済堂出版
〈収録短篇〉二つの性　乳房切断　ムラ気馬　タコ　酔いどれ天使　ある心中の失敗　脳死人間
花埋み　一九七〇年　河出書房新社
光と影　一九七〇年　文藝春秋
〈収録短篇〉光と影　宣告　猿の抵抗　薔薇連想
ガラスの結晶　一九七〇年　講談社
〈収録短篇〉流氷の原　腕の傷　谷夫人の困惑　玉虫厨子　ガラスの結晶
母胎流転　一九七一年　角川書店
〈収録短篇〉母胎流転　三十年目の帰還　窓の中の苦い顔　閉じられた脚
リラ冷えの街　一九七一年　河出書房新社
恐怖はゆるやかに　一九七一年　角川書店
〈収録短篇〉恐怖はゆるやかに　閲の壁　北方領海
十五歳の失踪　一九七二年　講談社
〈収録短篇〉般若の面　乳房の遍歴　セックス・チェック　黄金分割　奈落の底　十五歳の失踪　夜の声
無影燈　一九七二年　毎日新聞社
白き手の報復　一九七二年　毎日新聞社
〈収録短篇〉白き手の報復　贈りもの　形見分け　遺書の告白　海霧の女　少女の死ぬ時
富士に射つ　一九七二年　文藝春秋
空白の実験室　一九七二年　青娥書房

〈収録短篇〉空白の実験室　背を見せた女　優しみの罠
　蜜のしたたり　女の願い　一九七二年　講談社
解剖学的女性論（エッセイ）　一九七二年　河出書房新社
パリ行最終便
〈収録短篇〉パリ行最終便　背を見せた女　甘き眠りへの
　誘い　あの人のおかげ　跼趾反張女仏　死絵三面相
雪舞　一九七三年　河出書房新社
阿寒に果つ　一九七三年　中央公論社
氷紋　一九七四年　講談社
渡辺淳一クリニック（対談集）　一九七四年　文藝春秋
野わけ　一九七四年　集英社
白き狩人　一九七四年　祥伝社
北都物語　一九七四年　河出書房新社
白き旅立ち　一九七五年　新潮社
冬の花火　一九七五年　角川書店
夜の出帆　一九七六年　文藝春秋
雪の北国から（エッセイ）　一九七六年　中央公論社
わたしの女神たち（エッセイ）　一九七六年　角川書店
四月の風見鶏　一九七六年　文藝春秋
〈収録短篇〉四月の風見鶏　聴診器　球菌を追え　葡萄
　小脳性失調歩行　医師求む　書かれざる脳
まひる野（上・下）　一九七七年　新潮社
神々の夕映え　一九七八年　講談社
公園通りの午後（エッセイ）　一九七八年　毎日新聞社
ふたりの余白（エッセイ）　一九七八年　中央公論社
峰の記憶　一九七八年　文藝春秋
くれなゐ　一九七九年　集英社
遠き落日（上・下）　一九七九年　角川書店
長崎ロシア遊女館　一九七九年　講談社
〈収録短篇〉長崎ロシア遊女館　項の貌　かさぶた宗建
　腑分け絵師甚平秘聞　沃子誕生
午後のヴェランダ（エッセイ）　一九七九年　新潮社
白夜　1彷徨の章　一九八〇年　中央公論社
流氷への旅　一九八〇年　集英社
麗しき白骨　一九八一年　毎日新聞社
白夜　2朝霧の章　一九八一年　中央公論社
七つの恋の物語　一九八一年　新潮社
〈連作〉恋骨　恋寝　恋子　恋闇　恋捨　恋離　恋川
北国通信（エッセイ）　一九八一年　集英社
午後のモノローグ（非売品）　一九八二年　文藝春秋

化粧（上・下）　一九八二年　朝日新聞社
華麗なる年輪（対談集）　一九八二年　光文社
退屈な午後（エッセイ）　一九八二年　毎日新聞社
雲の階段　一九八二年　講談社
ひとひらの雪（上・下）　一九八三年　文藝春秋
女優（上・下）　一九八三年　集英社
白夜　3青芝の章　一九八四年　中央公論社
渡辺淳一未来学対談（対談集）　一九八四年　講談社
12の素顔―渡辺淳一の女優問診（対談集）　一九八四年　朝日新聞社
愛のごとく（上・下）　一九八四年　新潮社
風の岬　一九八五年　毎日新聞社
長く暑い夏の一日　一九八五年　講談社
みずうみ紀行（紀行）　一九八五年　光文社
化身（上・下）　一九八六年　集英社
化身（上・下）（愛蔵版）　一九八六年　集英社
白夜　4緑陰の章　一九八六年　中央公論社
別れぬ理由　一九八七年　新潮社
静寂の声―乃木希典夫妻の生涯（上・下）　一九八八年　文藝春秋
白夜　5野分の章　一九八八年　中央公論社
浮島　一九八八年　角川書店
桜の樹の下で　一九八九年　朝日新聞社
わたしの京都（エッセイ）　一九八九年　講談社
新釈・からだ事典　一九八九年　集英社
風の噂　一九九〇年　新潮社
〈収録短篇〉午後の別れ　銀座たそがれ　ためらい傷　歳月　頬杖　風の噂　秋冷え　匂い袋　春の怨み
うたかた（上・下）　一九九〇年　講談社
いま、ワーキングウーマンは……（対談集）　一九九〇年　朝日新聞社
影絵―ある少年の愛と性の物語　一九九〇年　中央公論社
いま脳死をどう考えるか　一九九一年　講談社
メトレス　愛人　一九九一年　文藝春秋
恋愛学校（エッセイ）　一九九二年　集英社
渋谷原宿公園通り（エッセイ）　一九九二年　講談社
何処へ　一九九二年　新潮社
麻酔　一九九三年　朝日新聞社
風のように・母のたより（エッセイ）　一九九三年　講談社
創作の現場から　一九九四年　集英社

風のように・忘れてばかり（エッセイ）　一九九四年　講談社
夜に忍びこむもの　一九九四年　集英社
遠い過去　近い過去（エッセイ）　一九九五年　角川書店
ものの見かた感じかた―渡辺淳一エッセンス　一九九五年　講談社
風のように・返事のない電話（エッセイ）　一九九五年　講談社
これを食べなきゃ―わたしの食物史（エッセイ）　一九九五年　集英社
君も雛罌粟《コクリコ》われも雛罌粟《コクリコ》（上・下）　一九九六年　文藝春秋
風のように・嘘さまざま（エッセイ）　一九九六年　講談社
新釈・びょうき事典（エッセイ）　一九九六年　集英社
失楽園（上・下）　一九九七年　講談社
渡辺淳一―ロマンの旅人（北海道文学館編「北海道文学ライブラリー」）　一九九七年　北海道新聞社
〈収録短篇（抄）〉阿寒に果つ　何処へ　死化粧　リラ冷えの街　流氷への旅　花埋み　冬の花火　君も雛罌粟われも雛罌粟　ひとひらの雪　うたかた
失楽園（愛蔵版）　一九九七年　講談社
男というもの（エッセイ）　一九九八年　中央公論社
渡辺淳一の世界　一九九八年　集英社
風のように・別れた理由（エッセイ）　一九九八年　講談社
反常識講座（エッセイ）　一九九八年　光文社
源氏に愛された女たち　一九九九年　集英社
マイ　センチメンタルジャーニイ　二〇〇〇年　集英社
泪壺　二〇〇一年　講談社
秘すれば花　二〇〇一年　サンマーク
シャトウルージュ　二〇〇一年　文藝春秋
手書き作家の本音（エッセイ）　二〇〇二年　講談社

［文庫］

■朝日新聞社

桜の樹の下で　一九九三年
麻酔　一九九七年

■角川書店

死化粧　一九七一年
〈収録短篇〉死化粧　訪れ　ダブル・ハート　霙
無影燈（上・下）　一九七四年
自殺のすすめ　一九七五年

〈収録短篇〉夜の声　形見分け　贈りもの　優しみの罠
　浜益まで　自殺のすすめ
白い宴（「小説心臓移植」を改題）　一九七六年
酔いどれ天使　一九七六年
〈収録短篇〉乳房切断　酔いどれ天使　ある心中の失敗
　脳死人間
廃礦にて　一九七六年
〈収録短篇〉廃礦にて（「母胎流転」を改題）　三十年目の帰還
　窓の中の苦い顔　閉じられた脚
恐怖はゆるやかに　一九七七年
〈収録短篇〉恐怖はゆるやかに　北方領海
花埋み　一九七八年
冬の花火　一九七九年
わたしの女神たち（エッセイ）　一九八〇年
公園通りの午後（エッセイ）　一九八一年
遠き落日（上・下）　一九八二年
阿寒に果つ　一九八二年
野わけ　一九八二年
雪の北国から（エッセイ）　一九八二年
12の素顔―女優問診（対談集）　一九八五年

失われた椅子　一九八六年
〈収録短篇〉失われた椅子　跗趾反張女仏　タコ　死絵三
　面相　ムラ気馬　腕の傷
四月の風見鶏　一九八六年
〈収録短篇〉四月の風見鶏　聴診器　球菌を追え　葡萄
　小脳性失調歩行　医師求む　書かれざる脳
華麗なる年輪（対談集）　一九八六年
風の岬（上・下）　一九八七年
女優（上・下）　一九八九年
流氷への旅（上・下）　一九九一年
浮島　一九九二年
雲の階段（上・下）　一九九二年
夜の出帆　一九九三年
湖畔幻想（「みずうみ紀行」を改題・紀行）　一九九六年
ひとひらの雪（上・下）　一九九七年
遠い過去　近い過去（エッセイ）　一九九八年

## ■勁文社

野わけ　一九九一年
病める岸　一九九三年
〈収録短篇〉講談社文庫に同じ

■廣済堂出版

小指のいたみ　一九九〇年
〈収録短篇〉小指のいたみ　ある心中の失敗　酔いどれ天使　脳死人間　乳房切断　疾風の果て

■講談社

病める岸　一九七五年
〈収録短篇〉プレパラートの翳　血痕追跡　点滴　セックス・チェック　黄金分割　十五歳の失踪
秋の終りの旅　一九七六年
〈収録短篇〉秋の終りの旅　流氷の原　玉虫厨子　奈落の底　ガラスの結晶
解剖学的女性論（エッセイ）　一九七七年
氷紋　一九七八年
神々の夕映え　一九八一年
長崎ロシア遊女館　一九八二年
〈収録短篇〉長崎ロシア遊女館　項の貎　かさぶた宗建　腑分け絵師甚平秘聞　沃子誕生
雲の階段（上・下）　一九八五年
ロマンチシズムとしての未来―17人の科学者との対話（対談集）　一九八七年

長く暑い夏の一日　一九八八年
風の岬（上・下）　一九九一年
わたしの京都（エッセイ）　一九九二年
うたかた（上・下）　一九九三年
いま脳死をどう考えるか　一九九四年
風のように・みんな大変（「渋谷原宿公園通り」を改題・エッセイ）　一九九四年
風のように・母のたより（エッセイ）　一九九五年
化身（上・下）　一九九六年
風のように・忘れてばかり（エッセイ）　一九九六年
麻酔　一九九六年
風のように・返事のない電話（エッセイ）　一九九七年
ものの見かた感じかた―渡辺淳一エッセンス　一九九八年
風のように・嘘さまざま（エッセイ）　一九九八年
風のように・不況にきく薬（エッセイ）　一九九九年
失楽園（上・下）　二〇〇〇年
風のように・別れた理由（エッセイ）　二〇〇〇年

■光文社

みずうみ紀行（エッセイ）　一九八八年
知的冒険のすすめ　反常識講座　二〇〇一年

**■集英社**

白き狩人　一九七七年
優しさと哀しさと　一九七八年
〈収録短篇〉優しさと哀しさと　仮面の女　青桐の肌　鈍色の絆　白き手の哀しみ
野わけ　一九七九年
桐に赤い花が咲く　一九八一年
くれなゐ（上・下）　一九八二年
冬の花火　一九八三年
流氷への旅（上・下）　一九八三年
麗しき白骨　一九八四年
北国通信（エッセイ）　一九八五年
女優（上・下）　一九八六年
ふたりの余白（エッセイ）　一九八七年
化身（上・下）　一九八九年
遠き落日（上・下）　一九九〇年
公園通りの午後（エッセイ）　一九九一年
わたしの女神たち（エッセイ）　一九九二年
花埋み　一九九三年
新釈・からだ事典　一九九四年
シネマティク恋愛論（「恋愛学校」を改題・エッセイ）　一九九五年
うたかた（上・下）　一九九六年
創作の現場から　一九九七年
夜に忍びこむもの　一九九七年
これを食べなきゃ―わたしの食物史（エッセイ）　一九九八年
新釈・びょうき事典（エッセイ）　一九九九年
源氏に愛された女たち　二〇〇二年

**■新潮社**

花埋み　一九七五年
パリ行最終便　一九七七年
〈収録短篇〉背中の貌　海霧の女　あの人のおかげ　パリ行最終便　甘き眠りへの誘い　ヴィデオテープを見るよ　うに　胎児殺し　桜いろの桜子
リラ冷えの街　一九七八年
白き旅立ち　一九七九年
北都物語　一九八〇年
まひる野（上・下）　一九八一年
午後のヴェランダ（エッセイ）　一九八三年

七つの恋の物語　一九八四年
〈連作〉恋骨　恋寝　恋子　恋闇　恋捨　恋離　恋川
化粧（上・中・下）　一九八五年
白き手の報復　一九八五年
〈収録短篇〉中公文庫に同じ
男と女のいる風景―愛と生をめぐる言葉の栞334　一九八七年
退屈な午後（エッセイ）　一九八七年
愛のごとく（上・下）　一九八七年
別れぬ理由　一九九一年
脳は語らず　一九九一年
桜の樹の下で（上・下）　一九九二年
風の噂　一九九二年
〈収録短篇〉午後の別れ　銀座たそがれ　ためらい傷　歳月
頬杖　風の噂　秋冷え　匂い袋　春の怨み
桐に赤い花が咲く　一九九三年
白夜　Ⅰ彷徨の章　一九九三年
白夜　Ⅱ朝霧の章　一九九三年
白夜　Ⅲ青芝の章　一九九四年
白夜　Ⅳ緑陰の章　一九九四年
白夜　Ⅴ野分の章　一九九四年
何処へ　一九九五年
ヴェジタブル・マン（植物人間）　一九九六年
〈収録短篇〉ヴェジタブル・マン　母親　消えた屍体　医者医者物語
かりそめ　二〇〇二年

**■中央公論社**

白き手の報復　一九七五年
〈収録短篇〉白き手の報復　空白の実験室　背を見せた女
少女の死ぬ時　女の願い　遺書の告白
阿寒に果つ　一九七五年
雪の北国から（エッセイ）　一九七九年
ふたりの余白（エッセイ）　一九八一年
わたしの女神たち（エッセイ）　一九八二年
恐怖はゆるやかに　一九八三年
〈収録短篇〉角川文庫に同じ
廃礦にて　一九八三年
〈収録短篇〉角川文庫に同じ
白夜―彷徨の章　一九八三年
白夜―朝霧の章　一九八四年
白夜―青芝の章　一九八七年

北国通信（エッセイ）　一九八七年
白夜─緑陰の章　一九九〇年
白夜─野分の章　一九九二年
脳は語らず　一九九三年
別れぬ理由　一九九三年
影絵─ある少年の愛と性の物語　一九九四年
男というもの　二〇〇一年

■文藝春秋

光と影　一九七五年
〈収録短篇〉光と影　宣告　猿の抵抗　薔薇連想
富士に射つ　一九七五年
失われた椅子　一九七六年
〈収録短篇〉角川文庫に同じ
野わけ　一九七七年
雪舞　一九七八年
夜の出帆　一九七九年
四月の風見鶏　一九七九年
〈収録短篇〉角川文庫に同じ
峰の記憶（上・下）　一九八一年
渡辺淳一クリニック（対談集）　一九八四年
死化粧　一九八六年
〈収録短篇〉角川文庫に同じ
自殺のすすめ　一九八六年
〈収録短篇〉角川文庫に同じ
ひとひらの雪（上・下）　一九八六年
静寂の声─乃木希典夫妻の生涯（上・下）　一九九一年
浮島　一九九三年
メトレス　愛人　一九九四年
無影燈（上・下）　一九九七年
冬の花火　一九九七年
君も雛罌粟《コクリコ》われも雛罌粟《コクリコ》（上・下）　一九九九年
小指のいたみ　二〇〇一年
〈収録短篇〉小指のいたみ　ある心中の失敗　酔いどれ天使
　脳死人間　乳房切断　疾風の果て

［文庫アンソロジー］

読書と私　一九八〇年　文春文庫
〈収録作品〉読書について、断片的に
男の小道具飛び道具（生島治郎選）　一九八二年　集英社文庫

〈収録作品〉名刺
花明かりの宿場町（時代小説傑作選）　一九八四年　講談社文庫
〈収録作品〉木骨秘聞
札幌ミステリー傑作選　一九八六年　河出文庫
〈収録作品〉葡萄
犯罪フルコース（日本ベストミステリー選集1）　一九八七年　光文社文庫
〈収録作品〉ガラスの結晶
裏切りのパレード（日本ベストミステリー選集4）　一九八九年　光文社文庫
〈収録作品〉背を見せた女
恐怖の森（阿刀田高選）　一九八九年　福武文庫
〈収録作品〉ガラスの棺
快食快眠快便　一九九〇年　文春文庫
〈収録作品〉手術中に居眠り！
ミステリー総合病院（佐野洋編）　一九九二年　光文社文庫
〈収録作品〉血痕追跡
剣光闇を裂く（新選代表作時代小説10）　一九九七年　光風社文庫
〈収録作品〉腑分け絵師甚平秘聞
剣鬼無明斬り（新選代表作時代小説11）　一九九七年　光風社文庫
〈収録作品〉かさぶた宗建

## ［全集］

渡辺淳一作品集（全二三巻）　一九八〇〜一九八一年　文藝春秋
〈収録作品〉
第一巻　花埋み　小脳性失調歩行　書かれざる脳
第二巻　富士に射つ　小説心臓移植　脳死人間
第三巻　リラ冷えの街　玉虫厨子　廃礦にて　奈落の底
第四巻　無影燈
第五巻　雪舞　プレパラートの翳　タコ　三十年目の帰還
　贈りもの　閉じられた脚
第六巻　阿寒に果つ　自殺のすすめ　般若の面　少女の死
　ぬ時　形見分け　桜いろの桜子
第七巻　北都物語　流氷の原　腕の傷　セックス・チェック
　海霧の女　背を見せた女
第八巻　野わけ　血痕追跡　乳房切断　ガラスの結晶　優

しみの罠　球菌を追え
第九巻　氷紋　白き狩人
第一〇巻　冬の花火　浜益まで　白き手の報復　甘き眠りへの誘い　優しさと哀しさと
第一一巻　白き旅立ち　長崎ロシア遊女館　腑分け絵師甚平秘聞　かさぶた宗建　項の貌　沃子誕生
第一二巻　風の岬　四月の風見鶏　葡萄
第一三巻　夜の出帆　女の願い
第一四巻　まひる野
第一五巻　神々の夕映え　ダブル・ハート　窓の中の苦い顔　十五歳の失踪　胎児殺し　医師求む
第一六巻　峰の記憶
第一七巻　くれなゐ
第一八巻　遠き落日
第一九巻　流氷への旅　酔いどれ天使　ヴィデオテープを見るように
第二〇巻　光と影　境界　死化粧　点滴　夜の声　霙　訪れ　秋の終りの旅　猿の抵抗　宣告
第二一巻　パリ行最終便　クラビクラ　アン・ドゥ・トロアある心中の失敗　恐怖はゆるやかに　黄金分割　空白の実験室　薔薇連想　仮面の女　背中の貌　蹠趾反張女仏　白き手の哀しみ　死絵三面相
第二二巻　雪の北国から（抄）　公園通りの午後　午後のヴェランダ
第二三巻　ふたりの余白　解剖学的女性論　わたしの女神たち

渡辺淳一全集（全二四巻）
一九九五〜一九九七年　角川書店
〈収録作品〉
第一巻　葡萄　クラビクラ　境界　アン・ドゥ・トロア　死化粧　夜の声　訪れ　浜益まで　ダブル・ハート　脳死人間　血痕追跡　恐怖はゆるやかに　自殺のすすめ　秋の終りの旅　黄金分割　猿の抵抗　宣告　光と影
第二巻　花埋み　白き旅立ち
第三巻　無影燈　廃礦にて　贈りもの　四月の風見鶏
第四巻　雪舞　神々の夕映え　霙　十五歳の失踪
第五巻　阿寒に果つ　冬の花火
第六巻　くれなゐ　午後の別れ　銀座たそがれ　歳月　風の噂
第七巻　遠き落日　少女の死ぬ時　胎児殺し　閉じられた

脚　書かれざる脳
第八巻　流氷への旅　氷紋
第九巻　桐に赤い花が咲く　白き狩人　プレパラートの翳
乳房切断　ガラスの結晶　薔薇連想　蹠趾反張女仏
第一〇巻　化粧
第一一巻　夜の出帆　七つの恋の物語（恋骨　恋寝　恋子
恋闇　恋捨　恋離　恋川）
第一二巻　ひとひらの雪　ためらい傷　頬杖　秋冷え　匂
い袋　春の怨み
第一三巻　女優　長崎ロシア遊女館　項の貌　かさぶた宗
建　腑分け絵師甚平秘聞　沃子誕生
第一四巻　白夜（彷徨の章　朝霧の章　青芝の章）
第一五巻　白夜（緑陰の章　野分の章）　長く暑い夏の一日
第一六巻　愛のごとく　浮島
第一七巻　化身
第一八巻　静寂の声─乃木希典夫妻の生涯
第一九巻　桜の樹の下で　野わけ
第二〇巻　うたかた　パリ行最終便　流氷の原　玉虫厨子
桜いろの桜子　ある心中の失敗
第二一巻　メトレス　愛人　別れぬ理由
第二二巻　何処へ　影絵─ある少年の愛と性の物語
第二三巻　麻酔　麗しき白骨
第二四巻　新釈・からだ事典（抄）　北国通信（抄）　わたし
の京都（抄）　遠い過去　近い過去（抄）　恋愛学校（抄）
いま脳死をどう考えるか（抄）

## ［未刊の初出誌紙］

かりそめ　「週刊新潮」連載
一九九八年八月一三・二〇日号～一九九九年五月二〇
日号　新潮社
淑女紳士諸君　「WINDS」連載
一九九七年四月号～一九九八年一二月号
日本航空文化事業センター
第三回　「女らしい」と「男らしい」
第一六回　愛の差別
第一七回　進歩しないもの
第一八回　理でない理
第二〇回　受身の強さ
最終回　生まれかわるなら
渡辺淳一「失楽園」の性を語る

「週刊宝石」一九九七年三月一三日号　光文社
対談　渡辺淳一・林真理子　火のように生きる人が好きだ
「本の旅人」一九九五年一一月号　角川書店
マイ センチメンタルジャーニィ「LEE」連載
一九九七年四月号～一九九八年九月号　集英社
第九回　軽井沢心中
第一一回　面影の街・原宿
第一三回　雪の街、刻まれた愛
第一七回　砂丘の青春・天塩
最終回　艶やかな子猫
問診聴診「ウーマン」連載
一九七五年四月号～一二月号　講談社
第一回　大谷直子さんとの対談
「妻よりも愛人として生きたい」
告白的女性論　渡辺淳一全集月報連載
一九九五年一二月～一九九七年一〇月　角川書店
月報4（第五巻）　純子の章（3）
月報14（第二〇巻）　玲子の章（3）
月報23（第二二巻）　杏子の章（1）
月報24（第二四巻）　杏子の章（2）

風のように「週刊現代」
第三七三回　男の皺《しわ》
第三九〇回　人間って凄い
第四四五回　歯科医夫人　講談社

本書は一九九九年九月、小社より単行本として刊行されたものです。

|著者|渡辺淳一　1933年北海道生まれ。札幌医大卒。整形外科医ののち、『光と影』で第63回直木賞を受賞する。'80年『遠き落日』『長崎ロシア遊女館』で第14回吉川英治文学賞を受賞。著書は他に『ひとひらの雪』『化身』『失楽園』『泪壺』『手書き作家の本音』など多数ある。

男《おとこ》と女《おんな》

渡辺淳一《わたなべじゅんいち》



2002年8月15日第1刷発行

発行者——野間佐和子
発行所——株式会社 講談社
東京都文京区音羽2-12-21　〒112-8001
電話 出版部 (03) 5395-3510
　　 販売部 (03) 5395-5817
　　 業務部 (03) 5395-3615

Printed in Japan

講談社文庫

定価はカバーに
表示してあります

デザイン—菊地信義
製版——株式会社東京印書館
印刷——株式会社東京印書館
製本——株式会社千曲堂

落丁本・乱丁本は小社書籍業務部あてにお送りください。送料は小社負担にてお取替えします。なお、この本の内容についてのお問い合わせは文庫出版部あてにお願いいたします。

ISBN4-06-273525-3

# 講談社文庫刊行の辞

二十一世紀の到来を目睫に望みながら、われわれはいま、人類史上かつて例を見ない巨大な転換期をむかえようとしている。

世界も、日本も、激動の予兆に対する期待とおののきを内に蔵して、未知の時代に歩み入ろうとしている。このときにあたり、創業の人野間清治の「ナショナル・エデュケイター」への志を現代に甦らせようと意図して、われわれはここに古今の文芸作品はいうまでもなく、ひろく人文・社会・自然の諸科学から東西の名著を網羅する、新しい綜合文庫の発刊を決意した。

激動の転換期はまた断絶の時代である。われわれは戦後二十五年間の出版文化のありかたへの深い反省をこめて、この断絶の時代にあえて人間的な持続を求めようとする。いたずらに浮薄な商業主義のあだ花を追い求めることなく、長期にわたって良書に生命をあたえようとつとめるところにしか、今後の出版文化の真の繁栄はあり得ないと信じるからである。

同時にわれわれはこの綜合文庫の刊行を通じて、人文・社会・自然の諸科学が、結局人間の学にほかならないことを立証しようと願っている。かつて知識とは、「汝自身を知る」ことにつきていた。現代社会の瑣末な情報の氾濫のなかから、力強い知識の源泉を掘り起し、技術文明のただなかに、生きた人間の姿を復活させること。それこそわれわれの切なる希求である。

われわれは権威に盲従せず、俗流に媚びることなく、渾然一体となって日本の「草の根」をかたちづくる若く新しい世代の人々に、心をこめてこの新しい綜合文庫をおくり届けたい。それは知識の泉であるとともに感受性のふるさとであり、もっとも有機的に組織され、社会に開かれた万人のための大学をめざしている。大方の支援と協力を衷心より切望してやまない。

一九七一年七月

野間省一

米山公啓　エア・ホスピタル
米原万里　ロシアは今日も荒れ模様
ラ・ミューズ編集部編　ローランサン：夢みる人〈文庫ギャラリー〉
ラ・ミューズ編集部編　炎の画家：ゴッホ〈文庫ギャラリー〉
ラ・ミューズ編集部編　クリムト：世紀末の美〈文庫ギャラリー〉
ラ・ミューズ編集部編　モネ：揺れる光〈文庫ギャラリー〉
隆慶一郎　柳生非情剣
隆慶一郎　捨て童子・松平忠輝　全三冊
隆慶一郎　柳生刺客状
隆慶一郎　花と火の帝(上)(下)
隆慶一郎　時代小説の愉しみ
隆慶一郎　見知らぬ海へ
連城三紀彦　戻り川心中
連城三紀彦　変調二人羽織
連城三紀彦　花塵
マミ・レヴィ　マミ・レヴィのアロマテラピー
渡辺淳一　病める岸
渡辺淳一　秋の終りの旅
渡辺淳一　解剖学的女性論

渡辺淳一　氷紋
渡辺淳一　神々の夕映え
渡辺淳一　長崎ロシア遊女館
渡辺淳一　雲の階段(上)(下)
渡辺淳一　長く暑い夏の一日
渡辺淳一　風の岬(上)(下)
渡辺淳一　わたしの京都
渡辺淳一　うたかた(上)(下)
渡辺淳一　化身(上)(下)
渡辺淳一　麻酔
渡辺淳一　失楽園(上)(下)
渡辺淳一　いま脳死をどう考えるか
渡辺淳一　風のように・みんな大変
渡辺淳一　風のように・母のたより
渡辺淳一　風のように・忘れてばかり
渡辺淳一　風のように・返事のない電話
渡辺淳一　風のように・嘘さまざま
渡辺淳一　ものの見かた感じかた〈渡辺淳一エッセンス〉
渡辺淳一　風のように・不況にきく薬

渡辺淳一　風のように・別れた理由
和久峻三　午前三時の訪問者〈赤かぶ検事奮戦記〉
和久峻三　京人形の館殺人事件〈赤かぶ検事奮戦記〉
和久峻三　蛇姫荘殺人事件〈赤かぶ検事奮戦記〉
和久峻三　あやつり法廷〈赤かぶ検事奮戦記〉
和久峻三　祇園小唄殺人事件〈赤かぶ検事奮戦記〉
和久峻三　倉敷殺人案内〈赤かぶ検事奮戦記〉
和久峻三　濡れ髪明神殺人事件〈赤かぶ検事奮戦記〉
和久峻三　赤かぶ検事転勤す〈赤かぶ検事奮戦記〉
和久峻三　楊貴妃の亡霊〈赤かぶ検事奮戦記〉
和久峻三　片目の蝿〈赤かぶ検事奮戦記〉
和久峻三　信州あんずの里殺人事件〈赤かぶ検事シリーズ〉
和久峻三　朝霧高原殺人事件〈赤かぶ検事シリーズ〉
和久峻三　木曽路妻籠宿殺人事件〈赤かぶ検事シリーズ〉
和久峻三　京都鞍馬火祭りの里殺人事件〈赤かぶ検事シリーズ〉
和久峻三　京都疏水迷路殺人事件〈赤かぶ検事シリーズ〉
和久峻三　伊賀・甲賀 忍者の里殺人事件〈赤かぶ検事シリーズ〉
和久峻三　犯人の画かなかった絵〈告発弁護士シリーズ〉
和久峻三　殺人者が目覚める朝〈告発弁護士シリーズ〉

# 講談社文庫　目録



2002年6月15日現在